Chabrancán

Chabrancán

PABLO BALER

**Ediciones
Del Camino**

Baler, Pablo
Chabrancán / Pablo Baler.
1a ed . - Ciudad Autónoma de Buenos Aires : Del Camino, 2020.
216 p. ; 22 x 15 cm.

ISBN 978-987-4425-28-7

1. Narrativa Argentina. 2. Literatura Argentina. I. Título.
CDD A863

© Pablo Baler
Ediciones.Delcamino@gmail.Com

Arte de tapa: Atilio Pernisco
Diseño: Gabriel Agnese

ISBN: 978-987-4425-28-7

A Fiona, Dylan y Naomi

ÍNDICE

Cabo De San Antonio (1630) 11

Capítulo 1 - Corrientes y Paraná. 15

Capítulo 2 - Ruta provincial II y Avenida Talas del Tuyú 27

Capítulo 3 - Condarco y Luis Viale 35

Cabo de San Antonio (1630). 43

Capítulo 4 - Ezeiza. 45

Capítulo 5 - Avenida 9 de Julio y Corrientes. 65

Capítulo 6 - Villa Juncal y Adolfo P. Carranza. 89

Cabo de San Antonio (1630). 113

Capítulo 7 - Sarmiento y Ayacucho 117

Capítulo 8 - Pueyrredón y Pacheco de Melo 139

Capítulo 9 - Pampa de Achala 163

Capítulo 10 - Latitud: 38.702479 | Longitud: −9.207863 179

Capítulo 11 - El mar. 205

PARTE
PRIMERA

CABO DE SAN ANTONIO (1630)

Me pica. Y cuanto más me rasco más me
pica. Y todavía no se larga a llover. Y me pica tanto
y en tantos lados que por más que ya asoma la sangre, no
me puedo dejar de rascar. Y no por verme sufrir me dan
tregua estos mosquitos. ¿Cómo puede una roncha calar
tan profundo en el alma? Aparecen de la nada, zumban,
me pican en la nuca, atrás de las rodillas, en el medio
de la espalda, en el culo, entre los ojos, donde saben que
no los puedo ver. Ni siquiera puedo defender los límites
de mi propio cuerpo y Vusted ha pretendido que guarde,
desde este bendito puesto, las fronteras de un reino ajeno.
Me habrán dejado un solo brazo los salvajes, pero bien
me valen estas pocas uñas embarradas para explorar las
huellas que se me abren en la piel. Es verdad, el dolor se
soporta mejor que el escozor; pero si me escarbo hasta
las vísceras no es de cobarde, sino de pura comezón. Después de tantos años, después de tanto mérito, no van a
ser estos bichos los que van a poner en duda mi coraje.
Habremos castigado a los de CASA- HUINDO, habremos
doblegado a los GUAYCURÚS, y sin embargo no
podemos enfrentar a los mosquitos y por la SANTA DE
GUADALUPE, que si no se larga ahora, me van a terminar aniquilando; pues es tal el empeño que cualquiera
podría en mi lugar y sin siquiera darse cuenta, rascarse
hasta la inconsciencia o, al menos, hasta la amputación.

Por suerte está levantando viento y trae ese aroma embriagador. Sí, se va a largar. Reconozco ese gusto a hembra. No es olor a tierra mojada; es olor a tierra que comienza a mojarse, olor a ese deseo húmedo que en la tierra agazapada estimula la llovizna y que sólo una buena tormenta puede satisfacer. Es toda la tierra que después de tanto calor y tanta sequía se moja de anticipación, toda la tierra que impregna el aire con este vaho irresistible a sexo de mujer. A cuerpo, a carne, a pliegue oscuro y agridulce de mujer. Ya no podría calcular ni en años la cantidad de cartas que habré despachado, don sancho, o el tiempo que ha transcurrido desde la última que le he escrito. Cuartillas enteras garabateadas con hallazgos de arbitrista, profesías apocalípticas sobre corsarios luteranos, conquistadores lusitanos y indios bárbaros concebidas con el único objetivo de volver. Y Vusted con la respuesta de siempre, con esa palmada en el hombro que más parecía empujón: "No se preocupe, Baroja, ya se va a dar. Se va a dar naturalmente". Siempre me respondió lo mismo, DON SANCHO, año tras año, un lustro después de otro; pero nunca se dio nada. Y ahora que han desaparecido todos, hasta una de esas vaguedades sería bien agradecida. Sí, se va a dar, se va a dar naturalmente, pero así como un terremoto se da naturalmente, como un cometa aparece en el cielo o desaparecen las estrellas... uno no sabe si ocurrirá hoy, el siglo que viene o en la próxima era. Los tiempos de Vusted, CAPITÁN, no eran tiempos militares, ni siquiera tiempos históricos: eran tiempos geológicos, tiempos de astrónomo con perlesía. Y si no se dio naturalmente en tantos años no veo porque se iría a dar naturalmente ahora que ya ni se atisba un bergantín o un mosquetaso, que ni se adivina el galope de un potro cimarrón. ¿Habrá dejado de existir finalmente BUENOS AYRES, obstinada, como siempre, en despoblarse? ¿Habrán terminado en ASUNCIÓN, en SANTA FÉ, los vecinos que huyeron cuando Candís merodeaba nuestras costas? Quién sabe si no me habrán dejado aquí olvidado, defendiendo de nadie tierra de nadie, vigilando de la nada y sin pertrechos las fronteras de un territorio inexistente. Ya ve Vusted qué pocamente se considera una larga hoja de servicios cuando se han perdido todos los favores y se han ganado todos los destierros. ¿Pero a quién se le va a ocurrir atacar estas tierras desdibujadas?, y si acaso por seguir una mala estrella un corso se desvía hacia estas costas, de nada servirían mis arcabuzasos vacíos resonando hacia donde ya no hay cañones ni fuerte ni campanas desde donde advertir a rebato, ni hombres para armarse, ni mujeres para correr a encerrarse. ¿Es posible que tantas generaciones de Barojas hayan servido y con tales méritos sólo para acercarnos, paso a paso, a estos pajonales? Pasos dio mi bisabuelo con las huestes de ALFONSO en NÁPOLES; y más pasos dio mi abuelo con las escuadras que, en Esquiroz, expulsaron a los franceses de NAVARRA, y todos los pasos restantes los dio, más tarde, mi padre, luego de ensartar su rosario de moriscos en las Alpujarras, cuando decidió embarcarse hacia el Pirú. Sí, se va a dar, se va a dar naturalmente... mi muerte se va a dar naturalmente! Es eso, muy posiblemente, lo que anuncia el Baroja primitivo de mis sueños. Pero aunque no se de naturalmente; así me maten los mosquitos, no le voy a desertar. Pués más vale que digan: Aquí fue picado por cuanto bicho vuela y camina el soldado Baroja y hizo lo que era obligado por DON SANCHO NEBRIXA Y SOLIS CAPITAN Y SARGENTO MAYOR DEL PUERTO DE BUENOS AYRES que no que digan: Por sarnoso dejó el puesto y no efectuó a lo que fue enviado.

CAPÍTULO

1

CORRIENTES Y PARANÁ

Sonia había caminado bajo el sol y con los tacos que la torturaban desde Santa Fe y Rodríguez Peña. Había ido a primera hora y en ayunas a sacarse sangre. Las preguntas del formulario la habían hecho sospechar:

¿Tiene alguna parte del cuerpo artificial (ojo, brazo, pierna)?

¿Sufre de claustrofobia?

¿Está embarazada?

Dos gordas la amarraron con tiras de goma, la pincharon varias veces en ambos brazos hasta que encontraron una vena y terminaron extrayéndole más sangre de la que traía. Era más espesa que de costumbre y menos roja... tirando a violeta, con vetas fosforescentes, verdeazules; y creyó pescar en la mirada de las enfermeras un gesto, ¿pero era un gesto de sorpresa o de venganza? ¿Para qué tenían que saber si estaba embarazada? ¿Sería todo el laboratorio una gran pantalla para robar chicos? ¿Y en qué cambiaba si tenía dos piernas ortopédicas? ¿Acaso le iban a sacar menos sangre? Había cruzado Marcelo T. de Alvear, Paraguay, Córdoba, Viamonte, Tucumán y Lavalle. Y todavía no había comido nada. Había llegado a la estación del subte con la idea de hacer combinación y salir en Carabobo.

Justo después de bajar las escaleras se topó con el plano de las líneas y quedó suspendida frente al punto rojo: *Usted está aquí.* El ícono la atrapó como el talismán de un hipnotizador, se le clavó como un diamante en la pústula que le había aparecido en la frente.

Frenó la tarde. Sonia repetía: Sí, estoy acá... estoy acá. Quien fuera que hubiese escrito esa indicación lo había hecho pensando en ella y la halagaba que la tratara de usted: *Usted está aquí. Usted está ahora. Usted está bárbara. Usted no se preocupe que el chancro va a desaparecer. Usted va a entrar hecha una diva a la oficina de Tono Gutierrez... y Cristina Panteiro reventará de envidia, retorcida, ahogada bajo las espumas infectadas de su propia rabia venenosa... y usted flotará, flotará infinitamente, sobre un estallido de aplausos iluminados que sonarán como una multitud de voces clamando su nombre... Soooonia Baaroooja... Sonia Baroja.* Con el vacío que sentía en la boca del estómago, podría haber alcanzado una experiencia mística, temblaba al borde de la inexistencia y de repente esa simple señal urbana le pareció una señal divina, le devolvió la presencia; le bastó para convencerse de que todavía, a pesar de todo, ocupaba una coordenada en el universo. Usted está aquí: era ella y el mundo, ella aquí y el mundo alrededor que la observaba pasmado, en la calma chicha que precede al vendaval del aplauso... Sí, estoy acá, estoy bárbara. Estoy en contacto con mi camino espiritual, estoy en mi verdad, estoy en paz. Sonia se veía a sí misma en ese punto rojo, como si estuviera observándose desde el aire: parada en la estación Uruguay, en la esquina de Corrientes y Paraná, detenida en el espacio y en el tiempo, mientras la gente y los trenes van y vienen, como borrones de color, recorriendo a velocidad, por debajo de la tierra, la ciudad de Buenos Aires.

Sonia respiró profundo.

El olor a goma de neumáticos, a inciensos y a óxidos le llegó con algunos vahos de jamón crudo y mozzarella que le devolvieron la consciencia.

Sobre el mostrador hay tres campanas de vidrio vacías que se repiten en el espejo. En una de las campanas quedó atrapada una mosca rabiosa que recorre la superficie del vidrio patas para arriba y se lanza en vuelos acrobáticos en busca de alguna sobra. En la televisión que cuelga del techo, pasan una propaganda de champú.

Una cabellera infinita se despliega en cámara lenta como ondas de sedas resplandecientes. La modelo voltea… voltea… voltea y mira a Sonia con ojos libidinosos, le da la bienvenida, la atraviesa, es de una belleza excluyente pero le regala una sonrisa cómplice y aromática que no puede rechazar. Sonia también voltea y ensaya la misma sonrisa en el espejo.

Anchoíta, el viejo de nariz indígena y crencha aceitada que atiende el café, la observa paralizado. No puede esconder la felicidad que le produce el escote de Sonia. Agradece hacia los techos y repasa, con el trapo húmedo, una mancha imaginaria en el mostrador. Sonia se sienta y se mira en el espejo. Se quita los algodones con sangre de ambos brazos y descubre unos pinchazos todavía vivos y los moretones que empiezan a extenderse:

—Gordas de mierda. Traeme un tostado de jamón crudo y no le vayas a poner lechuga… hacémelo liviano que si llego a lo de Pafundi con el estómago lleno… Y un café con leche.

—¿Descremada?

—Caliente.

Los ojitos del viejo estudian rápidamente los pinchazos pero vuelven a lanzarse hacia el pliegue de las tetas. Disimula con una sonrisa de escasos dientes y tira los algodones en un tacho. Sonia sigue observándose. La película de grasa que cubre el espejo intensifica las vetas tornasoladas de su piel; y como si fuera poco, el chancro se ve desproporcionado. Sonia se mueve de un costado para el otro, de arriba para abajo, en círculos, en ochos, buscando la falla en el espejo pero no la encuentra. Se toca la cara tratando de leerse los contornos de la piel, de recorrer con los dedos la arquitectura del cráneo. Con un malestar impreciso deja de mirarse y vuelve a ser atraída por la marea del televisor. La mujer que presenta las noticias viste un traje gris con el cuello de la camisa lila desplegado por sobre las solapas. En el recuadro, un meteorito avanza en el espacio. Sonia se esfuerza para oír por sobre el bullicio general y el rumor de los trenes.

–… expertos de la Universidad de Arizona quienes admitieron hoy por primera vez que la trayectoria del asteroide SK38 podría conducir a un impacto con nuestro planeta en octubre. Hasta ahora, no se pudo determinar la órbita exacta, pero los cálculos apuntan a una colisión en el hemisferio sur, a pocos kilómetros del Macizo de las Guayanas. Según Duns Scotti, responsable de las primeras observaciones, un choque de esta escala levantaría suficiente polvo en la atmósfera para producir un largo invierno nuclear. –La satisfacción de la presentadora desdice la fatalidad del reporte.

Contra un fondo de veinte computadoras, aparece Scotti con gorrito de béisbol y campera de lluvia. La leyenda dice: DUNS SCOTTI. EXPERTO EN OBJETOS CERCANOS. La voz original en inglés queda parcialmente eclipsada por el doblaje en español de una mujer con acento guatemalteco. Suena ligeramente anestesiada:

–Por alguna razón, que todavía tenemos que determinar, el SK38 logró evadir los sistemas de detección. Estamos trabajando con un cierto margen de error pero ninguno de los escenarios posibles es alentador. De hecho, los efectos podrían ser devastadores. Y no me refiero solo en el caso de un impacto en centros metropolitanos sino incluso en cualquier parte deshabitada del planeta. Ya hemos elevado recomendaciones y los gobiernos están, en estos momentos, poniendo en marcha múltiples planes de emergencia en Alemania, Japón, Brasil, Groenlandia….

Anchoíta pone frente a Sonia una taza humeante de café con leche y un pebete tostado de jamón crudo.

–¿Vos te das cuenta? –Sonia atrapa el borde de la taza con la yema de los dedos.

–Con el año de mierda que tuvimos…

Sonia toma un largo sorbo del café con leche y agarra el sándwich. Muerde, mastica y traga en un solo gesto, bocado tras bocado, con la ceguera de un depredador prehistórico. A pesar de que tiene la boca llena no deja de gesticular, se habla a sí misma. Anchoíta la mira con admiración, como si ella le hubiera permitido presenciar las intimidades de un sacrificio sexual que se repite en secreto una vez cada diez mil años.

Sonia se limpia con la servilleta. Se vuelve a mirar en el espejo:

—Hay que pensar en positivo. Si proyectás amor vas a recibir amor. Si proyectás miedo, te parte un rayo. Yo tengo una tía que la partió un rayo y le tenía miedo a todo, a los ascensores, a los gatos, a los puentes, a estar sola, a estar con gente y bueno, al final como estaba escrito: la partió un rayo. Si pasa el meteorito tenés que pedir un deseo.

Con la punta de la lengua, Anchoíta se quita una fibra de grasa de entre los dientes.

—¿Cuál es tu deseo, Anchoíta?

—¿Sabés qué me gustaría?, dejar el boliche. Hace cuarenta años que estoy acá.

—¿Y después?

—Quiero estudiar medicina… —Anchoíta dibuja el cartel en el aire— "… Doctor Salvador Orellana…" Me dijo el de las chapas; si me recibo me la hace gratis.

Sonia se observa en el espejo:

—¿Orellana? Apellido de mina.

—…

—Decime, ¿vos me ves algo acá?

Anchoíta hace que esfuerza la vista. El chancro ocupa el centro de la frente como una elevación glauca y tierna, todavía cubierta por la piel pero de contornos definidos y estrías verdeazules que se intensifican hacia el interior. Anchoíta mira sin darle importancia, como si se tratara de un punto negro:

—¿En dónde?

—Acá.

—No veo nada.

—Mirá bien.

—No hay nada.

—Esa tía que te digo había tenido un brote de herpes así acá abajo del cuello, le habían dicho que si se le cerraba el círculo se le caía la cabeza! Por eso le dicen culebrilla. Al final la partió el rayo, pero si esta cosa empieza a multiplicarse... Se me puede caer la cabeza! ¿No ves?!... Acá arriba en Uruguay dicen que hay uno que te cura solo hablando... voy a tener que ir a ver a ese... cola hace la gente... ¿No ves?

Anchoíta vuelve a estudiarlo:

—No...

Sonia le agarra un dedo pero Anchoíta resiste:

—Vení, tocá! Mirá, está como raro alrededor.

Anchoíta recupera el dedo:

—¿Sabés que puede ser? el jamón crudo. La sal retiene agua, ¿Vos le das mucho al jamón crudo?

—No hay nada mejor para el cutis que la carne cruda. ¿Vos por qué te pensás que las turcas tienen piel de bebé? Comer carne cruda es como volver a los orígenes... es como el caballo que vuelve a casa... es correr como la sangre. Ocho litros me sacaron hoy. Cuando estás ahí no te das cuenta porque te confunden con los tubos, hacen todo rápido las hijas de puta, y en el momento menos pensado te dicen mirá para el costado y no te das cuenta y te vaciaron la morcilla, después la sangre se la venden a los rusos...

Sonia se baja del banco, se sacude las migas, abre y cierra la cartera. Anchoíta sabe que se está por ir y aprovecha para investigarle las tetas una última vez:

—¿Los rusos?

—Los rusos, de Rusia... se están armando un banco de sangre de la puta madre... banco banco... con columnas de mármol y todo. Ves, los rusos son inteligentes, acordate lo que te digo, nos van a chupar la sangre y después se van a comprar el país... qué digo el país; el continente!

Anchoíta imprime la cuenta, corta el papelito y lo pone a un costado de la taza:

—Mientras no nos haga mierda el meteorito...

—Vos pedí un deseo que yo me ocupo de todo y anotame esto que me está por salir algo grande... Después arreglamos...

—¿Qué te va a salir?

—Esas cosas no se cuentan...

Sonia se acomoda la cartera y se va.

—Esperá... Hace tres meses que no me pagás...

Anchoíta repasa la cuenta y vuelve a buscar a Sonia que ya no está:

—Sonia! Hace tres meses que no me pagás...

Sonia desaparece en el traqueteo de lo molinetes.

—Soniaaaa...

Encontró lugar entre un ciego que respiraba con dificultad y un gordo con una pelada asimétrica. En el asiento de enfrente, un chico con la misma cara de insecto que la madre la observaba perplejo. Sonia se sentó, sacó una revista de la cartera y la hojeó a velocidad hasta llegar a la nota que buscaba. Ahí estaba. La foto. A doble página. Una adolescente con los brazos abiertos y parada en puntas de pie sobre la baranda de un balcón, miraba el vasto panorama de una ciudad europea. Excepto por el tutú espumoso y unas zapatillas de danza, estaba desnuda. La ciudad se veía ligeramente fuera de foco (lo mismo daba si se trataba de Praga, Berlín o Moscú), pero ese cuerpo perfecto se veía con tal definición que hasta se distinguía el relieve y la turgencia de cada folículo piloso. A pesar de la definición, por el sendero angosto que se dibujaba entre las piernas se colaba un rayo encandilador del sol que dejaba el contorno del cuerpo levemente esfumado contra la luz de la mañana. De haberse tratado de cualquier otra persona, especuló Sonia, la escena hubiera hecho pensar en un suicidio; sin embargo, la belleza de aquel cuerpo, envuelto en el vapor de esa atmósfera, hacía suponer que la niña estaba a punto de tomar vuelo. Sonia leyó el breve texto al pie de la imagen:

A VUELO DE PÁJARO

Una de las imágenes que ha sumido a Europa en la controversia. Zoe Zepeda, la argentina prodigio descubierta a los nueve años por el Maestro Benito Schwartz ha vuelto a ser noticia. Luego de una carrera fulminante hacia la consagración internacional, la primera bailarina del Hamburg Ballet ha aceptado posar desnuda para la revista alemana Stern: "me propusieron hacer una sesión de fotos, y la verdad es que para mí fue una experiencia divina", dijo ayer, en entrevista telefónica desde Japón, la diva de dieciséis años. Fiel a su legendaria humildad, Zoe Zepeda obvió mencionar que el millón de dólares recibido fue inmediatamente donado a la Campaña Internacional contra las minas terrestres.

Sonia volvió a mirar la foto. La miraba con los ojos, con las manos, con la respiración. Impresa en papel brillo, los reflejos del sol, se proyectaban hacia el exterior y lograban encandilarla. Sintió que era ella la que estaba fuera de foco y que el mundo había adquirido una definición tan saturada que se quebraba en infinitas astillas. Cerró los ojos pero siguió viendo la imagen como un recuerdo lumínico; y repetía ese nombre, Zoe Zepeda… Zoe Zepeda… y pasaba los dedos sobre la textura suave del papel, presionando sobre la revista, como si se agarrara de la baranda para no caer al vacío.

Se quedó dormida.

Se soñó volando a la velocidad que avanzaba el subte por un cielo resplandeciente, con los brazos abiertos y de cara al sol, la cabellera flameando en cámara lenta. Su cuerpo se refleja en la superficie de un lago como si fuera el de un pájaro en vuelo. Veinte querubines con los pititos al aire vuelan con ella besándole cada poro y cada pliegue. Siente los besos como burbujas aceitosas que le explotan sobre la piel. Las burbujas se transforman en lenguas tornasoladas que la exploran, le lametean los pezones erectos, la planta de los pies, entre los dedos, las entrepiernas, en los labios, el clítoris... El movimiento rítmico de esas lenguas cada vez más tensas la conducen hacia los suburbios del orgasmo. Pero una sensación desagradable la distrae y la aleja del placer. Uno de los querubines, transfigurado en diablillo regordete, se aferra a su cabeza y explora, con una lengua ácida e hiriente, el interior del chancro verdeazul. Los otros querubines ya no están. Anocheció en segundos y Sonia cae en picada, con el diablo encima, bajo una negrura cósmica solo iluminada por las fluorescencias glaucas del chancro y los destellos de una lluvia de meteoritos. Los asteroides caen sobre ellos pero son puños desproporcionados y ella alimenta la esperanza de que alguno se desplome sobre el monstruo. Pero varios puños se estrellan contra el diablillo y no hacen más que excitarlo: su pijastro erecto, como un tercer cuerno rematado por una cabeza pulsátil, está a punto de penetrar la boca de la fístula. El espanto paraliza a Sonia que se esfuerza inútilmente en producir un grito. El chico con cara de insecto estudia cada gesto que emerge desde la profundidad del sueño hacia el cuerpo de Sonia. El subte avanzaba a velocidad, roza una de las paredes del túnel sacando chispas y produciendo un chillido largo como de gata en celo. Las luces se apagan, vacilan, y vuelven a prenderse. El demonio, exasperado, finalmente embiste a Sonia por la llaga invaginada, y ella sufre el empellón como si le hubieran ensartado una estaca al rojo vivo a través de la columna vertebral.

Sonia salta en un grito de horror: "Pafundiii!!!" y se despierta. El ciego y el gordo de la pelada asimétrica saltan con ella. La revista sale volando y cae a los pies del chico que mira a la madre, paralizado.

El dolor del sueño fue tan real que persiste en la vigilia. Todavía agitada recupera la revista, se reacomoda en el asiento, se arregla la minifalda y pega un vistazo alrededor. Todos la están mirando. Sonia busca algún cartel que indique la estación. Está convencida de que ese sueño es un mensaje. Una voz anuncia: PROXIMA ESTACION PRIMERA JUNTA, y en seguida se abren las puertas y bajan algunos pasajeros. Sonia descubre junto a una publicidad de yogur ACTIVIA, una esvástica repasada varias veces con birome y abajo, escrito con la punta de una llave: GARCIA JUDIO PUTO. ¿Le habría salido el chancro si no hubiera empezado con la terapia o será la terapia lo único que la va a salvar? Sí, el sueño me quiere decir algo, ¿pero qué? Ya no quiero saber mi destino, lo único que pido es un diagnóstico. Los del laboratorio, a esta altura, ya deben saber pero no me llaman. No saben cómo decírmelo. Ya me la veo venir. Ya lo sabían las gordas y no me dijeron nada. ¿A quién le sale una pústula en el medio de la frente a las dos de la mañana? A las pendejas de las revistas si les sale un tumor maligno, al final resulta que era un pelo encarnado. Así porque sí no te sale una cosa como ésta y en el medio de la cara. A la distancia no se ve pero tampoco lo cubre el maquillaje. Pápula, ganglio de linfocitos, hernia en la cabeza, úlcera tuberosa, bocio cerebral, baba de caracol, a ver si todavía tengo una de esas lombrices africanas que después se escapa como un fideo? Lombriz solitaria, herpes culebrilla, serpiente emplumada, boa constrictora, andá a saber qué carajo tenés; lo que sea... no doy un mango por esta ampolla.

Las puertas del subte se abren en Puán y el tren queda casi vacío. Desde que se empezó a hacer las transfusiones y tomar las ampolletas Sonia sentía que la energía positiva le circulaba como una murga por las venas. Pero ahora la recorre el miedo... el miedo no como un sentimiento sino como un ramalazo de náuseas que se desata por todos los filones del cuerpo y se le anudan en la garganta. Y la taquicardia que le retumba a flor de piel. Cuando el subte llega a Carabobo, Sonia queda completamente sola. Como en una ilusión de espejos enfrentados, todos los vagones, de punta a punta, están vacíos y con las puertas abiertas. Le lleva un minuto darse cuenta que llegó a la última estación y baja justo antes de que todas las puertas vuelvan a cerrarse.

Un mural que se extiende a lo ancho de la plataforma parece haber materializado los miedos de Sonia: pescados, monstruos y pulpos verdes flotan entre tripas y graffitis sucios, indicios y restos de un mundo que se derrumba. Sonia no puede dejar de mirar esa pintada; mientras sube las escaleras, el corazón le palpita como si esa ola de destrucción fuera a alcanzarla y ella tuviera que apurar el paso, correr, escapar. Un taco se le engancha en el escalón, trastabilla pero logra agarrarse a tiempo, termina de subir temblando y sale a la Avenida Rivadavia.

Sonia camina por Boyacá y dobla en Bacacay hasta Condarco. Sabe que está al mil seiscientos pero evita mirar las chapas de las alturas. Llega a la puerta del edificio: un gran portón blanco dividido en paneles de vidrio biselado. El portero eléctrico está lustrado y ella se mira entre los botones. Toca el 4-A y después de un rato largo sin decir nada le abren. Sube por ascensor y avanza por el pasillo. Los tacos retumban contra los azulejos blancos y negros como tablero de ajedrez. De un apartamento se escapa un olorcito a fritura y el murmullo ininteligible de una radio; unas puertas más adelante se oyen los gritos de un loro y el monólogo exaltado de una vieja que era sorda o estaba hablando con una sorda. La hubiera tranquilizado a Sonia adivinar, a través de esas paredes, el zumbido de un torno o la sacudida de un electroshock ¿Qué se podía esperar de todos esos viejos en calzones, de esas borrachas postradas frente a la televisión, de esas turras, activas y jubiladas, que se habían enquistado en los nichos de aquel edificio desproporcionado. Pafundi parecía ser el único doctor en todo el edificio.

Llega a la puerta y lee la placa:

DOCTOR CARLOS PAFUNDI
ESTETICA MOLECULAR

Sonia se arregla la ropa y golpea. Trata de adivinar algún sonido en el interior de la clínica pero no escucha nada.

Es casi el mediodía. A través de un tragaluz al fondo del pasillo se pueden ver los edificios de la manzana de enfrente que se recortan contra un cielo amenazado por nubes espesas y caprichosas. Sonia mira hacia el espacio como si buscara, más allá de lo visible, algún indicio del meteorito. Ahora sí se reconoce como un punto en la tierra, pero no un punto dibujado en un mapa sino un punto de carne y huesos y sangre, parada en medio de la ciudad real, a la espera de un milagro.

Sonia golpea la puerta con ambos puños:

—Pafundiiii!

CAPÍTULO

2

RUTA PROVINCIAL 11 Y AVENIDA TALAS DEL TUYÚ

Los restos del esqueleto habían aparecido a unos siete metros de profundidad. Lo habían descubierto durante las excavaciones para la construcción de una estación de servicio sobre la ruta provincial 11 entrando a San Clemente del Tuyú. El operario que dirigía la excavadora sintió el golpe y la resistencia, pero no alcanzó a frenar la pala mecánica. El crujido se transmitió instantáneamente hacia la cabina y por intuición sospechó que se trataba de un hueso. Apagó el motor y saltó de la plataforma hacia el borde del pozo. Bajó de costado para no resbalarse. De rodillas, al fondo de la excavación, fue apartando cascotes de tierra, sedimentos de conchas marinas y arena. Los huesos estaban tan revueltos y deteriorados que en un principio los creyó restos de animal; pero luego se incorporó, pateó unas piedras y se tomó unos minutos para observarlos. A unos pocos metros descubrió el cráneo, fracturado, y más allá el arcabuz. El diseño oculto de ese revoltijo se le reveló instintivamente y se echó hacia atrás, con la irritación de quien se reconoce masticando, y sin proponérselo, un trozo de carne humana. La sensación de repugnancia no le duró mucho; subió, se sentó al borde del pozo y encendió un cigarrillo. El hallazgo le había concedido cinco minutos de descanso: mucho más de lo que se podía pedir de una calavera maltratada. El capataz apareció antes de que terminara el cigarrillo. Tal como lo había imaginado, el operario sólo tuvo que apuntar hacia los huesos y el mismo silencio desganado le imprimió al gesto un aire de urgencia y asombro. Sin hablar, el capataz bajó al interior de la excavación y tardó en subir.

La noticia del hallazgo recorrió una enredada travesía de correos electrónicos y líneas telefónicas que culminó a las tres de la tarde en el departamento de arqueología de la Universidad de West Virginia cuando el profesor Radomir Bojinovic recibió el llamado de Aldo Maneo, titular del Museo Municipal de General Alvarado en Miramar. No podrían haber recurrido a otra persona; pues descontando a la profesora Berruatiaga de la Universidad de Cuyo, todos consideraban a Bojinovic, la autoridad indiscutida en el campo de la arqueología forense del Atlántico Sur. Sólo Bojinovic había logrado reconstruir un capítulo entero de las luchas contra la piratería inglesa en el Río de la Plata con el modesto descubrimiento de unos restos óseos, dos cartas ilegibles, residuos despreciables de azufre y una bombarda de mano. La ventaja que Bojinovic le llevaba a Berruatiaga era que él, además, estaba vivo; aunque tampoco se encontraba en mucho mejor estado: había pasado los ochenta y cinco y comenzaba a ser víctima de los primeros síntomas del Alzheimer. Ya hacía más de cuarenta años que había publicado el *Tratado de Arqueología Forense del Atlántico Sur* pero a nadie se le habría ocurrido pensar que Bojinovic ya no pudiera atarse los cordones de los zapatos o que confundiera la crema de afeitar con la pasta dentífrica. Poco a poco y sin proponérselo, Otis Morgovitz, el profesor asistente que ocupaba la oficina de al lado, lo había terminado ayudando no sólo a abrir y cerrar la ventana alta de su oficina sino también, a encontrar la correspondencia traspapelada, o a recordarle a quién iba a llamar cuando se quedaba paralizado con el teléfono en la mano.

Descontando esos favores clandestinos, los logros del profesor Morgovitz habían sido insignificantes. El mismo día que llamaron del museo le habían rechazado, de *Archaeology Today*, el artículo que había entregado sobre su investigación en el cementerio de Dargo en Chechenia. En realidad, ni siquiera era un artículo y tampoco una investigación. Era un plan de trabajo: una promesa. No sólo que no había examinado los huesos sino que ni siquiera había comenzado a clasificarlos. Morgovitz había transformado la postergación en una ciencia; o mejor dicho, había transformado la arqueología en una ciencia de la postergación. Ni él mismo hubiera podido reconstruir convincentemente los pasos que lo llevaron de buscar en Internet la palabra *Saugfähigkeit*, leída en un trabajo sobre métodos para testear tuberculosis en esqueletos arqueológicos, a pasar la noche viendo a jovencitas alemanas siendo sodomizadas por caballos árabes. En todos esos años, lo único que había publicado fue un *haiku* inspirado en el desastre de Fukushima que, a pesar de haber salido en la revista del condado de Pendleton, había tenido la candidez de exhibir junto a la puerta de su despacho:

Two Koi fish jump
Splash!
A nuclear meltdown

La timidez y la necesidad de evitar los dinteles de las puertas lo habían encorvado un poco. Otis era demasiado largo y todas sus extremidades se extendían más de lo habitual. Hasta los ojos, amplificados por el aumento de los lentes, parecían salirse de sus órbitas. Y a pesar de ser retraído y asustadizo nadie, excepto Bojinovic, podía soportarlo. En el departamento de arqueología, todos habían buscado algún motivo para marginar a Morgovitz y nadie tuvo dificultad en encontrarlo. Durante los cinco años que Morgovitz había subsistido como profesor asistente, se había ido acostumbrando a las miradas de reojo y a los desplantes calculados. Morris y Rona Statter, sin ir más lejos, ambos conocidos por sus trabajos sobre la dieta neolítica de los habitantes de Malta, acostumbraban recorrer todos los subsuelos del edificio con tal de evitar pasar por su oficina. El profesor Mordaff, especialista en jardinería mesopotámica, sumaba revanchas mínimas para encauzar la envidia que sentía por la inusitada e injusta amistad que Otis había trabado con Bojinovic. Mordaff le pateaba el auto para activar la alarma y si Otis salía de su oficina y dejaba la puerta abierta, se la cerraba para que no pudiera volver a entrar o tuviera que llamar a los de seguridad que tampoco tardaron en marginarlo. La profesora Gentrick, reconocida por su trabajo sobre la evolución de la osteoporosis en el Cáucaso, proclamaba su exasperación de que aún sobreviviera aquel parásito; aunque más le molestaba, en realidad, su falta de estilo, pues no por ser un jaramago enclenque, sostenía la profesora, estaba obligado Otis a subirse los pantalones hasta las costillas o a exhibir los estirados dedos de los pies como pezuñas aferradas al filo de las *Birkenstock*.

Sólo el profesor Bojinovic había logrado cultivar cierto aprecio y en parte debido a que Otis era el único con quien podía hablar en español. Si Morgovitz aún sobrevivía en el departamento era gracias a Bojinovic; si no hubiera sido por él, ya hacía mucho que habría vuelto a desempolvar estantes en la biblioteca de Cuernavaca. Habiendo vivido tantos años, y habiendo visto pasar tanto arqueólogo, Bojinovic valoraba más a los auténticos fracasos que a las promesas ilegítimas; y por eso, cuando recibió el llamado del titular del museo de General Alvarado, pensó inmediatamente en Morgovitz. Un cambio de aire le vendría bien y tal vez, con suerte, le daría el impulso que necesitaba. Para esa altura, Bojinovic ya no hubiera podido emprender ningún viaje, y antes de colgar el teléfono, en un raro y fugaz momento de lucidez, se comprometió a enviar a la excavación al profesor Otis Morgovitz, "la promesa del departamento". Despreocúpese. Estaría allí en dos días, dijo.

Aunque Morgovitz y Bojinovic ocupaban oficinas contiguas, el viejo ya no tenía fuerzas para levantarse de su sillón, así que solía llamarlo por teléfono. Durante los últimos meses, sin embargo, Bojinovic había comenzado a confundir los números del interno y por eso terminaba llamándolo a gritos y tirando libros contra la medianera para captar su atención:

–¡Morgovitz!... ¡el teléfono! Hace tres horas que lo estoy llamando.

Afuera del edificio, un grupo de obreros abría un pozo en el concreto con un taladro neumático y por eso Morgovitz no había sentido los golpes en la pared. Por otro lado, estaba absorto frente a la pantalla de la computadora mirando videos. Había sido atraído por un registro casero de una batalla civil en Dagestán y siguiendo las recomendaciones que le proponía YouTube pasó a un clip de una cantante pop de Rusia, de ahí a un compendio de chicas bailando semidesnudas en una playa de la península de Crimea y siguiendo el algoritmo de su lujuria, recorrió una serie de videos de animales montando, en diferentes posiciones, a mucamas irlandesas, para terminar hipnotizado y erecto ante la filmación de un gran danés follando a una campesina holandesa, entregada sobre unos fardos de alfalfa.

—¡Morgovitz!… ¡el teléfono! Hace tres horas que lo estoy llamando.

Morgovitz oyó finalmente al viejo. Por cortesía lo llamó y habló como si hubiera sido él quien recibió la llamada:

—¿Quién habla? Si, si, profesor Bojinovic ¿Le cierro la ventana?

—Morgovitz, dígame, ¿usted se dio la vacuna para la malaria?

—Me di para la encefalitis japonesa. Hace tres años.

—¿Usted conoce Argentina?

Otis colgó el teléfono, se reacomodó los pantalones y salió, un poco encorvado, de su oficina. A pesar de que la puerta de Bojinovic estaba entreabierta, golpeó y se quedó esperando. Otis siempre practicaba esa misma deferencia excesiva de golpear a pesar de que la puerta estuviera abierta y de quedarse esperando a pesar de que el viejo ni lo hubiera oído llegar. Mientras esperaba, Morgovitz paseó la vista por el interior del despacho. El espacio era exageradamente estrecho pero sólo porque Bojinovic lo había hartado de libros y objetos al punto que él mismo se había arrinconado contra su propio escritorio, entre volúmenes trasnochados, artefactos míticos, redomas colmadas de semillas, armas y municiones oxidadas, una rueda de carreta, el *souvenir* de una corrida de toros, máscaras litúrgicas, vestigios cartográficos, relicarios y abecedarios de culto.

La oficina estaba sólo iluminada por los destellos de una tarde oscura. El filamento de una lámpara que colgaba desnuda desde el techo emitía una luz tan frágil y vacilante que no alumbraba siquiera la bombilla que lo contenía. Bojinovic se inclinaba sobre un libro aunque claramente no lo estaba leyendo. Tenía un brazo apoyado sobre el escritorio y el otro sostenía todavía el teléfono contra la oreja. Aquel brillo de sarcasmo que había relucido en su mirada hasta hacía pocos años, se había transformado en un reflejo espeso y nacarado que ahora le anegaba los ojos. Cuando Morgovitz miró las manos de Bojinovic, se percató de lo que hasta ese momento no había notado: el escritorio estaba cubierto en agua, incluyendo los papeles y los libros, y Bojinovic descansaba allí despreocupadamente, como si fuera natural. De la mano que sostenía el tubo todavía caían algunas gotas. Otis corrió un poco la puerta para ver si la ventana alta había quedado abierta durante la noche. El quejido de las bisagras sacó a Bojinovic del letargo:

–Ahhh, Otis!, ¿Usted se dio la vacuna para la malaria? –Bojinovic cuelga finalmente el teléfono– Mire que puede empezar con fiebre pero a veces puede terminar en coma.

La ventana había quedado abierta y la lluvia de la noche anterior había alcanzado al escritorio. La tapa del escritorio, hundida por el tiempo había creado un pequeño lago solo perturbado por las vibraciones del taladro neumático, pero Bojinovic seguía impasible, como los restos de una embarcación abandonada. Décadas atrás, el viejo había logrado deducir todo un mundo perdido con unos pocos elementos inconexos y ahora le hubiera costado conectar aquellas aguas que lo cubrían, con la lluvia de la noche anterior. Morgovitz se resistía a revelarle aquel testimonio flagrante de su enfermedad. Permaneció parado frente al escritorio y se limitó a esperar en silencio. Bojinovic también permanecía callado como si buscara matar con la indiferencia su propia confusión. Inesperadamente vuelve la mirada hacia el libro que tiene en frente, y como si allí hubiera encontrado las palabras que debía repetir como un mantra secreto, se dirige a Morgovitz:

–San Clemente del Tuyú.

Mirando a Bojinovic desde su altura, Otis recordó una pintura de Dalí, *La metamorfosis de Narciso*, aunque éste era un Narciso decrépito, inclinado sobre la superficie de un escritorio inundado. El espejo de agua que se recortaba en las orillas del libro reflejaba a Bojinovic todavía más largo y desfigurado de lo que era; y cada vez que el taladro hacía temblar las paredes, el reflejo de aquel filamento que agonizaba en la lamparita del techo se multiplicaba como gusanos fosforescentes entre los dedos macilentos de Bojinovic.

–¿Usted dijo Argentina?

–Recién… recién me llamaron. Acaban de encontrar un esqueleto y un arcabuz en una excavación. También tiene que tener cuidado con la fiebre amarilla. Por lo que me dijeron podría remontarse al siglo XVII –Bojinovic se incorpora levemente, levanta un brazo y atrapa a Otis por la muñeca con la precisión de un náufrago a punto de ahogarse– ¿Me escucha, Morgovitz? Si es así, ni se imagina la trascendencia que la recuperación de esos restos tendría para el patrimonio arqueológico de…

La sorpresiva lucidez de esa frase logró despabilar a Otis y finalmente comprendió lo que Bojinovic le estaba pidiendo desde la orilla de la laguna.

–¿Se dio la vacuna?

–¿Profesor, no se quiere levantar por un momento?

–Por mí no se preocupe… usted, no sé si… ¿Ayer llovió?

–Sí, déjeme que lo ayudo a secarse un poco… –Morgovitz se acerca y trata de incorporarlo pero Bojinovic se enoja y retrocede en su asiento.

–Deje, deje Morgovitz, estoy bien… estoy tan bien!… es la música que está muy fuerte… están tocando… ¿Cómo se llamaba…? Sí, usted vaya a la Argentina. No deje pasar esta oportunidad. ¿Ya se dio la vacuna?

33

Otis deja a Bojinovic y se va retirando de a poco, sin darle la espalda. Ya estaba en el pasillo cuando Bojinovic lo volvió a llamar con un grito. Otis respondió con naturalidad, como si todavía estuviera en la oficina.

Entró.

Bojinovic lo miraba pero no le hablaba. El suspenso en que se mantenía cuando se abstraía completamente del mundo podía confundirse con la pausa preñada de sarcasmo que lo había caracterizado de joven. Dos actitudes más opuestas no podrían haber encontrado un gesto tan parecido.

—Morgovitz, tiene que estar ahí en dos días. Lo están esperando. Victoria se va a ocupar de los papeles. Y no pierda de vista que en este proyecto no solo está en juego su futuro... Hay algo mucho más importante en juego...

Los destellos de inteligencia que había mostrado Bojinovic le hicieron pensar a Otis que sus palabras tenían una fuerza profética. Quiso creer que esos repentinos rayos de lucidez habían sido vehículo de un llamado superior y aceptó la tarea como quien acepta una misión. Volvió a su oficina. Cerró la puerta. La oficina estaba vacía como el día que había llegado. Sólo la computadora, la impresora y los mismos folletos de la universidad que le entregaron el día de la orientación. Se sentó en su escritorio y sin apoyar la cabeza contra el respaldo cerró los ojos. Un viaje a la Argentina. Estaba en juego su carrera y sin embargo ya sentía la satisfacción del trabajo bien hecho. Sentía las palpitaciones en el pecho.

Abrió la computadora. La imagen del gran danés había quedado congelada en un primer plano de la penetración. Quitó la pausa y continuó mirando las sacudidas del perro que introducía su miembro mucoso en la vagina inflamada de la campesina holandesa. Pero la escena ya no lo excitaba; le trajo a la memoria el video que había visto una vez de una operación a corazón abierto desde el quirófano de un hospital de Kiev.

34

CAPÍTULO

3

CONDARCO Y LUIS VIALE

Cubierto por una cofia y un barbijo, lo único que veía Sonia de la cara de Pafundi eran las cejas enmarañadas, la mirada de urgencia y la papada de escuerzo. Parecía un milagro de la arquitectura que esas galerías lanzadas sobre la sala de operaciones y esas claraboyas altas a la distancia estuvieran adentro de un viejo edificio de apartamentos, como si Pafundi lo hubiera carcomido desde adentro con la paciencia de una termita solitaria. Y ahora, superpoblada de objetos y sumergida bajo la luz subacuática que proyectan las peceras, la clínica parecía un inmenso gabinete de curiosidades: balanzas de carnicero, desfibriladores, una cabeza de surubí, colección de vasijas chinas, medio corazón embalsamado, un manómetro de mercurio, embudos de decantación, termo-recicladores, microscopios, máscaras antigás, fragmentos de calendarios aztecas, y sobre todo estatuillas; figuras de Oceanía, tallas de Burkina Faso, cabezas de mármol, torsos de bronce, diosas tibetanas, versiones de la Venus de Milo, efigies de Giacometti y hasta una Victoria de Samotracia.

Sonia está parada, desnuda, como una escultura más. Con el pelo le lleva una cabeza a Pafundi y se inclina para que le estudie el chancro. Las enfermeras preparan la mesa de operaciones y encienden los equipos. Pafundi camina alrededor de Sonia, se para frente a ella y la sostiene por el cuello:

35

–¿Cómo estamos, Sonia?

Le hace un fondo de ojos y apretando un poco la carótida, lleva la cuenta y la cadencia de los latidos.

–Decime que no es nada, Pafundi. A veces siento que se mueven las cosas y a veces como que estoy vacía… que me vibra el cuerpo. A veces no siento la cabeza… ¿Será normal? Decime que es parte del tratamiento. Las artistas de hoy tenemos el mismo nivel de estrés que las víctimas de la Rusia comunista. Algo de eso hay. Como olor a quemado. ¿No hay como olor a quemado?

Con los guantes de látex Pafundi acerca los pulgares hacia el chancro y lo observa, a través de los bifocales, como si quisiera bautizarlo telepáticamente. En el centro, el chancro se aglutina en tonos verdeazules que se deshilachan hacia el interior como fibras nerviosas. Pafundi va juntando los dedos y apura la punta de una melcocha traslúcida que emerge de la frente de Sonia como una larva inquieta. La recibe con la admiración del hechicero que recoge la primera gota de lluvia. La estudia, la huele, analiza la textura viscosa y desaparece entre los monitores del anfiteatro.

Sonia queda sola y se refleja en mil distorsiones distintas sobre las superficies metálicas de la clínica. Siente alivio y dolor a la vez. Siente que las estatuillas la miran. Pafundi le hablaba en plural, "¿Cómo estamos, Sonia?", como si él le dejara saber que ahí, en la clínica, ella no contaba siquiera con la independencia gramatical de la primera persona; por otro lado, había en esa inclusión cierta solidaridad. En cualquier caso, apenas Pafundi se ponía a hablar, despegaba solo y aunque ella no estuviera bajo los efectos de las drogas ya no le podía seguir el hilo. Pero la confusión no la desanimaba; al contrario, le daba más confianza. Sonia nunca sabía cuál, de todos los destinos imaginados podría llegar a ser el suyo; pero hoy, con la cita en Canal 9 asegurada, oír la voz de Pafundi la convenció de que la espera había terminado y que, cualquiera fuera su destino, lo estaba comenzando a vivir en ese preciso instante.

El sol se cuela por una grieta entre las nubes, los rayos entran en la clínica y todo se ilumina con fulgores nuevos. La luz revela dimensiones imprevistas y Sonia siente que resplandece por adentro, que una ráfaga le sopla vida, que un coro entona un acorde anunciatorio; pero entre los cuerpos estilizados y gloriosos de las estatuillas, Sonia es sorprendida por la figura obesa y deforme de una Venus de Willendorf: las caderas, el culo y los pechos de piedra prehistórica le crecen como olas de grasa. Sonia siente el trasgusto del jamón crudo filtrándose por la garganta. La incipiente revelación se transforma en mareo y después en náusea. Las nubes avanzan sobre la ciudad como un tropel de formas cambiantes y, como si se hubieran hecho eco de la desilusión, comienzan a ocultar el sol. Sonia se acerca y levanta la pieza celulítica. El material plástico, que imita la porosidad de la piedra caliza, se va eclipsando como cráteres de una superficie planetaria. En el pequeño pedestal hay un nombre inscripto en letras azules: *Glaxo*. Sonia trata de calibrar el peso: Glaxo, Glaxo... ¿Tiene alguna parte del cuerpo artificial? ¿Sufre de claustrofobia? ¿Está embarazada? Qué me voy a hacer problema por un grano, por el mareo, por la sangre espesa... Ahora me van a visualizar a mí. En esa época que te embarazaban a los cuatro y te morías a los quince, ¿a qué podía aspirar una vedette? Ahora olvidate: si este grano no desaparece, no me dejan ni pisar el lobby. Y sin embargo hay cada bagre marino que tiene su kiosquito... Mirá la Panteiro con ese raye crónico y esos manojos de fideo en la cabeza, te das cuenta que el pelo es una extensión del sistema nervioso. La esquizofrenia seca las puntas. Hay que revolver, hay que revolver, porque los granos son grumos de negatividad... hay que proyectar amor porque si no, se te ablandan los músculos, la grasa crece como gusanos fuera de control, los pozos en la piel, los quistes en la cara, las encías que se arrugan y las raíces que se pudren... por eso hay que tener paciencia, hay que ser el cambio que una quiere ver... y no voy a seguirles el juego... estás hablando con una persona que está en otro nivel del ritmo y la musicalidad. Cinco años trabajé con Marina Garibadi... Ustedes fueron el cambio que quisieron ver pero nunca van a estar contentas porque tienen mierda en la cabeza y se confabulan para serrucharme el piso… Cristina Panteiro y la puta que te parió a vos y a todas las paparulas que te siguen en la tele y esa otra que andá a saber qué carajo tuvo que hacer para que la metan en el calendario de Warnes… Lo difícil no es llegar sino mantenerse… Vos, que te crees el divino botón, ya vas a ver… en el botón del orto te van a pegar una patada que te van a mandar de acá a la concha de la mandarina…

—Lo más importante, Sonia, lo más importante es la paciencia. Sonia mira a la Venus de Willendorf y no responde.

—¿Sonia?

Finalmente se da cuenta que tiene a Pafundi enfrente y mira alrededor. Las enfermeras están disponiendo el instrumental y encendiendo los equipos.

—Decime una cosa, Pafundi… —Sonia levanta la estatuilla— ¿Encontraste el monumento al mondongo?! Decime, por favor, decime que no me estoy volviendo un monstruo.

—El día que te estés volviendo un monstruo vas a ser la primera en enterarte. Hay que tener paciencia para poder encontrar la belleza. Esta Venus tiene más de 30.000 años… Es de la era paleolítica.

—¿Y se llama Glaxo?

—Glaxo es el laboratorio…

—…

—Es la Venus de Willendorf.

—Lindo pichón de mamut. Y después hablan de la dieta paleolítica.

Pafundi recupera la estatuilla con ambas manos como si fuera una reliquia, la devuelve a su lugar y le hace un gesto a Sonia para que lo siga a la mesa de operaciones.

Las enfermeras acuestan a Sonia y la conectan por sondas a un circuito de vasos que atraviesan tubos refrigerantes, matraces y embudos de decantación. Las medusas que recorren las peceras, van y vienen, proyectando sus espasmos transparentes. Dispuestas en serie, unas plataformas con tubos de ensayo se balancean para un costado y para el otro.

Sonia le estira una mano a Pafundi y se la agarra como si se estuviera ahogando:

–Decime la verdad… ¿A vos te parece que yo tengo una cara antigua?

–Original no es lo mismo que antigua. Le estás sacando ventaja en varias generaciones de evolución genética a todas las artistas del mundo. Vas a entrar en contacto con la sopa primigenia de la vida… Vos sos la cara del futuro.

Un líquido verdeazul comienza a circular por las sondas, llega a las cánulas y se inyecta en las venas de Sonia. En uno de los monitores, se va dibujando el recorrido de los vasos capilares.

Pafundi le suelta la mano y la agarra por un brazo:

–El futuro llega, pero hay que darle tiempo, encontrar significado en el sinsentido y esperanza en la corrupción. Eso es lo que hizo Da Vinci. Todas las noches, antes de irse a dormir, a la luz de la vela, Da Vinci estudiaba el moho que crecía en el techo de su cuarto y descubría bosques, ríos y montañas que después reproducía hasta el detalle… Si observás el paisaje que hace de fondo a la Mona Lisa vas a descubrir los rizomas impredecibles del moho… Si no fuera por los hongos, no hubiera existido el Renacimiento; no es coincidencia que Da Vinci sea además el padre de la micología. No hay belleza sin juventud ni juventud sin belleza… hay que saber sorprenderla por debajo de la materia reticente de la piedra, como los escultores de Grecia; la belleza irrefutable de Afrodita, de Venus, de Atenea. ¿Cuántas generaciones de dioses esperaron pacientemente para ser rescatados de los filones de Novelda y de Carrara? En un momento va a hacer efecto el Pernofol, al principio vas a sentir náusea pero va a ir disminuyendo. No hay que evitar la náusea; hay que cultivarla hasta la arcada, como decía Simone de Beauvoir. Pero hoy, con tantos activistas del malestar, la auténtica experiencia existencial solo puede ser representada por el vómito miserere: la peor dolencia que puede afectar al género humano; la expulsión fulminante de mierda y tripas para todos lados… en la cama del hospital, en el campo de batalla, en el último círculo del infierno. A mí, más que náusea me da como la languidez de la media mañana; pero con un caldo de gallina se me pasa, hay que superar la desesperanza. La única forma de salir del remolino es por abajo... la única forma de pegar el salto es remontando vuelo...

Sonia mira el borde de la mesa como si tomara registro de las fronteras de la realidad y ve una serie de etiquetas escritas en chino y alemán. La noción de que existen otros idiomas le da vértigo y prefiere cerrar los ojos. Chabrancán... chabrancán... chabran... cán... chabran... chabran... cán...

–Cada diosa tiene su momento y su lugar y éste es tu momento, Sonia. Tenés que tener paciencia, tenés que querer esperar, pero también hay que querer resignar. Ya vas a sentir el efecto. Iris, la mensajera de los sueños, esperó miles de años para encontrar su verdadera forma. Fue mito, después fue monumento, después fue escombro, después fue trofeo imperial y finalmente surgió de todos esos avatares estériles como la más bella de las esculturas de Rodin. Pasaron siglos hasta que los artistas griegos pudieron liberar a Iris de las vetas de un mármol apenino. Y así permaneció, casi eterna, emplazada en el Partenón, hasta que después de tantas guerras y tantos siglos todo se derrumbó y terminó quebrada y enterrada entre las ruinas. Tuvieron que pasar más siglos todavía hasta que un emisario inglés descubrió, entre los restos del templo, el torso ya sin miembros de Iris, y lo exhibió en el museo británico... Pasaron miles y miles de visitantes, pero todos veían el cuerpo y no lo que faltaba. Llevó la paciencia y el genio de Rodin para descubrir la belleza en la mutilación. Helsenbeken, que había sido amigo de Rilke, dejó constancia de la atracción que Rodin sentía por las mujeres amputadas... y por algunos amputados también... toda su obra es, en realidad, una gran bacanal de devoción fetichista. Rodin prefirió modelar y no cincelar los muñones para dejarnos el legado clandestino de sus huellas lujuriosas. El taller de Rodin se plagó de pies, piernas, brazos, narices, torsos... y del magma de esa inspiración surgió la auténtica Iris: el colmo de la amputación, una diosa sin cabeza, con un solo brazo y una única pierna que, en pleno vuelo, revela los labios de una vagina subyugante...

40

Por primera vez desde que había entrado a la clínica, Sonia se da cuenta que, confundido con el rumor de los refrigeradores, sonaba una orquesta de jazz. Las drogas comienzan a suavizar la náusea y a esfumar el contorno de las ideas, y el sonido de los instrumentos comienza a traducirse en arreglos de luces y colores. En un flash que coincide con los arpegios de un contrabajo, Sonia ve las estrías brillosas de sus propios músculos; y en el sopor de la inconsciencia se reconoce desollada, abierta al medio, como una media res sensual y descarada entre otras medias reses que se resbalan, se enroscan, deslizándose por entre las membranas grasosas y ensangrentadas, hurgándose en el movimiento larvado de sus entrañas, sus pechos, sus bifes anchos, y cada golpe, cada encontronazo de nalgas lo siente Sonia como un chicotazo que la excita y la vuelve loca.

–Las modelos amputadas de hoy ya no celebran la manquedad, las Veronikas con ka, las Ximenas con equis, estas modelos del futuro *Transpop*, decoran sus muñones con un montón de prótesis distintas… piernas fluorescentes, piernas cónicas, extremidades post-barrocas… Pero al fin y al cabo, son ellas los miembros fantasmas de un cuerpo que se busca en la oscuridad. Rodin, en cambio, era pura celebración del vacío… Y hacia allá vas, Sonia, como la salamandra que se muerde la propia cola que se regenera… si querés ser joven de verdad y si querés ser bella tenés que tener el coraje de volver al principio y esta vez no empezar de nuevo. Y no hablo de esa belleza enrarecida de los filósofos, belleza de exaltaciones y de repugnancias, hablo de la única belleza, la belleza que reconocemos con el hígado, la belleza irresistible que convoca el impulso de perpetuar la vida más allá del deseo, más allá de la especie, liberados de las cadenas de ADN hacia un plano que trasciende a la Eva mitocondrial y a sus dilapidados antepasados eucariotas…

Los costillares se arquean en mugidos de placer masoquista. Sonia siente dentro de sí la agitación de las otras reses y mientras se ladea sobre una, siente a la de atrás golpeándole por la marucha. Falda, asado, colita de cuadril. Es un carnaval sin máscaras, sin cuero, y Sonia, el objeto inasequible pero central de esas superficies nacaradas

41

que se agitan no para encontrar la culminación del placer, sino para buscar ese éxtasis que es inseparable del regodeo y la postergación.

En las ventanas de las galerías se condensan los últimos vapores que liberan los balones de destilación. Las enfermeras apagan las máquinas, los monitores, los equipos de ventilación y se adivina el gemido retrasado de los motores que se interrumpen y van perdiendo energía. Sonia queda acostada, brillando bajo la penumbra glauca de las medusas que recorren las peceras, iluminando, sin saberlo, no un cuerpo desnudo sino un cuerpo expuesto a la más entregada desnudez, la desnudez de la carne viva, las vesículas azules y las arborescencias sonrosadas, la desnudez de los tendones pelados, los cartílagos transparentes y los huesos que revelan la fibra vital de la médula.

A las seis y cuarto, Sonia sale del edificio sin saber muy bien ni dónde está ni qué día es. Un taxi pasa a velocidad, como una pincelada negra y amarrilla. El taxista le grita dos palabras que no llega a entender. Siente que no puede sostenerse sobre los tacos altos, que su cuerpo está casi deshecho, como si hubiera caído a la calle desde la terraza del edificio. La realidad está todavía fuera de foco y reblandecida... y sin embargo camina. El sonido Glaxo... Glaxo... la persigue como una canción pegadiza... Le sigue pareciendo un buen nombre para una diosa cuaternaria. Glaxo. La Venus blanda. Mira hacia el espacio como si siguiera buscando el meteorito, pero el cielo está encapotado y no ve nada. A medida que avanza sabe que está pasando las chapas con las alturas de la calle... 1824, 1826, 1828... pero las evita. En diagonal al café de Anchoíta, un local vende chapas para edificios y placas para sepulturas. Desde el día que pasó por ahí, no pudo dejar de asociar las alturas de las calles con los cementerios; como si el mármol de los edificios fuera un anticipo del mármol de las lápidas... En la calle vuelan restos de basuras. A la distancia reverberan taladros neumáticos, se escuchan gritos, ambulancias, grúas y bocinas dispersas. Todo el murmullo de la ciudad le retumba en la cabeza. Sonia avanza por Condarco hacia Luis Viale. La calle se va juntando hacia el punto de fuga, y hacia ahí va Sonia; hacia ese punto que se puede ver y registrar pero que solo existe como una ilusión en la distancia.

PARTE
SEGUNDA

CABO DE SAN ANTONIO (1630)

Más temprano, cuando todavía eran dispersos los nubarrones, un mosquito comenzó a dar vueltas sobre el mapa. Creí que era el único que me había perdonado; y por la insistencia con que iba y venía sobre el cuero borroneado, parecía convencido de estar volando, literalmente, sobre esta misma geografía empantanada. Aunque maltratado, este mapa aún conserva los diferentes azules para las cambiantes profundidades del mar, los bajíos y los canales de los rios; los sienas que distinguen los terrenos, los rojos de los fortezuelos, las lineas que se proyectan desde la ciudad. ¿Por qué no iría a persuadirse aquella sabandija, y con disculpada ingenuidad, que sobrevolaba las provincias del rio de la plata?, aunque BUENOS AYRES se hubiese esfumado una vez más, aunque el mismo don FERNANDO descanse decapitado en Lima; ¿por qué no iría a inflar su mínimo abdomen de mosquito con la pretensión de un condor en vuelo de reconocimiento? Pero no era orgullo lo que albergaba aquel bicho. Su vuelo errático respondía, más que nada, a las fluctuaciones de la digestión; y a tal punto lo habían arrastrado, que cuando lo despanzurré contra el pergamino, una espesa mancha de sangre se extendió hasta el CABO DE SAN ANDRES. Respetando las escalas del mapa se hubiera podido calcular aquella purga en cientos de litros de sangre Baroja derramada en varias leguas de fondo sobre estos cangrejales. Admito que se hace difícil distinguir, sobre este mapa, el trazado de la costa y ello se debe a lo mucho que he sobado este cuero seductor... o mejor dicho, a lo mucho que me he dejado sobar por esta piel adobada que todavía huele a grupa sudada, a pliegue recóndito de vaca. Sin embargo, los contornos esfumados del mapa representan con mayor exactitud la vaga situación de esta costa; pues no existe COSMÓGRAFO que la haya delineado con fidelidad... tiene ésta algunos peligros, y más puede a uno acontecer cogerle una Suestada que trazar el detalle de sus accidentes. La citan unos en los 36 GRADOS 20 MINUTOS DE LATITUD SUR y otros en los 36 GRADOS 38 MINUTOS y otros todavía en los 36 GRADOS 15 MINUTOS 325 DEL MERIDIANO DE TENERIFE. Estando aquí mismo donde estoy no veo más que las turberas, de suerte que siendo el único testigo soy el peor juez; pero desde ya puedo advertirle que tanta ciencia no refleja más que el desconcierto colectivo; lances de oficinistas y facultativos de biblioteca, don SANCHO, que jamás han reconocido ni van a reconocer estas costas tan apartadas de los últimos términos de la tierra.

CAPÍTULO

4

EZEIZA

En la tarjeta de embarque decía BUENOS AIRES EZE. Otis se pasó el vuelo intentando descifrar qué podría querer decir EZE. *Espere Zona de Embarque, Encamínese con Zoila a la Estación, Escribe Zurbarán en el Espejo...* Nada lo convencía, hasta que salió de aduana y vio finalmente el letrero: EZEIZA. Entre la gente que se agolpaba contra los cordones vio otro cartel. Escrito sobre un cartón improvisado, decía: *Oris Morgobis.* No le llevó mucho tiempo darse cuenta que la razón por la cual le resultaba familiar era porque se trataba de su propio nombre. Teniendo en cuenta la cadena de llamados por la que había pasado, su nombre, desde Pendelton a Miramar y de Miramar a Buenos Aires, era un milagro que no se lo hubieran torturado más. Otis nunca se hubiera imaginado, dos días antes y en su oficina de Pendelton, que una serie de coincidencias lo llevarían a liderar una expedición arqueológica en una estación de servicio en San Clemente del Tuyú. ¿Cuántas coincidencias deben acumularse, a lo largo de cuatrocientos años, para que lleguen a encontrarse los huesos de un hombre del siglo XVI, enterrados en un meandro de la costa argentina, con un profesor de origen ruso de la universidad de West Virginia? Las eventualidades deberían ser incontables, pero también, ahora que el encuentro era inminente, inexorables.

Ya de madrugada Otis aterrizó con una conexión de LAPA en San Clemente. Lo recibieron el Prof. Aldo Maneo, director del Museo de General Alvarado y Antonio Zuñiga, un secretario de la intendencia del Partido de la Costa. Aunque el Prof. Maneo era

45

mayor y Zuñiga poco menos que un adolescente, los dos parecían sobrevivientes de una misma inundación. Otis se había liberado de un verano calcinante en Virginia y no estaba preparado para que lo recibiera ese frío antártico. Condujeron hasta el hotel, un edificio arrasado por el viento marítimo que se caía a pedazos. Por adentro no estaba mucho mejor. Todo estaba cubierto por una película de polvo, los pasillos entorpecidos por lonas de construcción, y un hedor a insecticida se colaba por los poros y subía como una trompada hasta el cerebro. Era claro que los intentos de renovación se venían postergando desde siempre. Aunque ya era tarde, el conserje, como si lo hubieran apuntalado muerto, los estaba esperando con una sonrisa inexpresiva.

En medio de ese lobby suspendido entre la ruina y la reconstrucción, Otis parecía haberse colado por una brecha en el tiempo: el estilo reverente con el que intentaba contradecir su altura, los ojos magnificados por las lentes de los anteojos desencajados, los pantalones altos, la cazadora, y las sandalias que revelaban, a través de las medias, las zarpas de sus dedos huesudos. A Morris y Rona Statter, a Mordaff o a la profesora Gentrick no les costaba ver en ese descalabro estilístico la manifestación de su fracaso profesional. Sin embargo, el secretario de la intendencia y el director del museo, lo veían como pruebas de su merecido prestigio. Tenía que haber alguna razón para que lo enviaran desde Estados Unidos. Quisieron dejarlo dormir y arreglar para la mañana siguiente, pero no lograron convencerlo. Otis ya se había mentalizado en visitar el sitio a pesar de la hora y a pesar del frío. Le parecía una insensatez dejar esperando a ese esqueleto que durante siglos había estado empuñando, entre sus falanges quebradizas, el futuro de su carrera. El profesor y el secretario insinuaron resistencia pero terminaron sospechando que por detrás de ese capricho había una inteligencia, o por lo menos una entrega, que los superaba.

La construcción de la estación de Shell estaba a unos pocos kilómetros del hotel. Como el camino de acceso también estaba en obra, tuvieron que dejar el auto y bordearon el terraplén de la costa a pie, sorteando la maleza y los jejenes. Hacía un frío que laceraba la carne y el viento que venía del mar los golpeaba con tal fuerza que por momentos les hacía perder el paso. Otis maldecía haberse puesto las sandalias. El olor a ganado y a bosta era intenso y Otis no pudo dejar de distraerse por un momento intentando localizar alguna vaca. El único indicio de actividad humana en toda la ribera era un kiosquito por el que pasaron como quien pasa a través de un espejismo. A pesar de que se encontraba en la más extensa soledad y en medio de la madrugada, el kiosco, levantado sobre pilotes, vendía choripanes y algunas bebidas. La vendedora, una gorda que parecía haber echado raíces en el paisaje, los seguía con la mirada llevando la cuenta de sus pasos en la oscuridad. Cuando ya habían avanzado unos trescientos metros, Otis volteó como para verificar que esa imagen no era una visión, y justo cuando iba a retomar la caminata lo sorprendió la explosión de unos fuegos artificiales que colorearon el cielo y el mar y se deshicieron instantáneamente en una humareda espectral, iluminada solo por el recuerdo del destello.

A la distancia vislumbraron finalmente la casilla de la estación; se veía como una pincelada fina de luz en medio de la oscuridad. Los perros habían comenzado a ladrar. Cuando llegaron, el sereno ya estaba afuera, chistando a la jauría con el mate en la mano. Desde el interior de la casilla se adivinaban las voces, crispadas por la interferencia, de un programa de radio. El hombre saludó y le extendió la mano libre al secretario:

–Zuñigas! Eran ustedes! Estaba por sacar la *Semigueso*.

–Vamos a ir adelantando parece –El secretario cabeceó hacia Otis.

–Dejó dicho Artiaga que le dejan la cinta una semana nada más... Para que sepa, porque el otro jueves terminan... Bah!... –El guiño, más que un gesto de sarcasmo, tenía algo de resignación–... Esto va para largo.

Zuñiga acepta el mate que le extiende Benítez y se lanza a la bombilla como un cachorro a la teta, chupa sin tantear la temperatura y lo devuelve con un gesto de aprobación. Benítez recupera el mate, revuelve la bombilla y la repasa con un trapo, reacomoda la yerba y vuelve a servir. Otis veía la mecánica de esos gestos como si repitieran una coreografía anterior a toda tradición. El vapor se disipaba instantáneamente al contacto con el aire. Por unos segundos se callaron y por la grieta de ese silencio se filtró el murmullo de la radio; el que hablaba tenía un acento oriental: "... *sobre todo después de los impactos en las Aleutianas que arrasaron con poblaciones de cientos de miles de personas... los sistemas de advertencia son cada vez más sofisticados, pero incluso si lograran definir las coordenadas del SK38, hoy ubicadas en las costas de Dakar, no se puede adelantar un pronóstico porque no hay relación directa entre la magnitud del impacto y la intensidad del tsunami... en ese sentido el sistema es todavía vulnerable y estamos trabajando entre..."* Otis se esforzaba para entender algo a pesar del acento y la interferencia pero ante el malestar indefinido que le produjeron esas palabras, "SK38", "impacto", "tsunami", prefirió cambiar de tema:

–¿Y los fuegos artificiales? ¿Se festeja algo?

Benítez le extendió un mate:

–Son los pibes del otro lado. Hoy es el día de la tradición. Andá a saber cuántos más nos deja el socotroco...

El director del museo corrigió:

–No, va a ser el día del payador; pero recién el 23. La semana que viene abrimos la muestra de Gabino Ezeiza.

–¿Gabino Ezeiza? –Otis sopló en la bombilla, levantó dos burbujas grandes y saltó yerba para todos lados.

Benítez lo miraba como si hubiera escupido en el mate. El Prof. Maneo le agarró un brazo:

–¿Conoce al negro Ezeiza?

Otis ensaya un gesto de asombro neutro que podía querer decir "En mi vida oí ese nombre" o "Mire qué interesante que mencione usted al negro Ezeiza".

–Nuestro más grande payador –El Prof. Maneo recita a favor del viento, alargando algunas vocales para que se reconozca la melodía– *Heróica Paysandú yo te saluuuudo/ Hermana de la paaaaatria en que nací/Tus gloooorias y tus triunfos esplendeeeentes/ Se cantan en tu tierra como aquiiiii…* Cantor de talla entera… El abuelo había sido trompa de los ejércitos de Rosas…

Antes de entrar al hall central del aeropuerto, Otis jamás había escuchado hablar de Ezeiza, y unas pocas horas más tarde, volvía a aparecer. *Ezeiza.* EZE. Sonaba a zumbido de mosquito, a mosca testaruda. Palabra rara para nombrar la entrada o la salida de un país. El Prof. Maneo continúa hablando pero Otis se distrae pensando en esa extraña coincidencia de volver a toparse, y en el mismo día, con una palabra que hasta entonces nunca había escuchado. Los que creen que la realidad responde a leyes ordinarias, dirían que es normal, que uno está más dispuesto a reconocer una palabra después de aprenderla; pero a Otis no lo convencía esa explicación. Esa recurrencia inesperada tenía que ser manifestación de un magnetismo tan misterioso como el de la mecánica cuántica; como si una vez aprendida una palabra, se concretaran todas sus probabilidades de reaparecer. Coincidencia. Viajar tiene eso; entrar, salir de un país tiene eso… acechan cosas nuevas, y por eso se precipitan todas las posibilidades latentes, palabras, imágenes, gente; por eso el mundo se vuelca sobre el extranjero como una catarata incontenible.

Benítez trajo unos cascos de seguridad que venían montados con reflectores y así avanzaron, con los perros espantados sobre los talones, por el bosquejo de un camino, iluminando una fantasmagoría de hierros y encofrados a medio levantar. Las sombras que proyectaban sobre el ripio no parecían coincidir ni con la forma ni con el ángulo de los objetos. Las cuatro luces cruzándose en la negrura de la noche, la respiración agitada por la pendiente, las grúas desproporcionadas, todo tenía algo de exploración espacial. Cuando terminaron de subir la loma, la excavación apareció en toda su profundidad y los cuatro haces de luz convergieron allá abajo, en los huesos, en el cráneo fracturado de *F. de Baroja*.

Los perros recorrían el perímetro, olisqueando la tierra. Zuñiga y Benítez se quedaron parados al borde de la excavación. Otis y el Prof. Maneo fueron bajando de costado, apoyándose en una mano para no desbarrancar. Cuando llegaron al fondo, Maneo permaneció unos pasos atrás, como si le ofreciera a Otis esa distancia que se debe a los deudos. Más de cuatrocientos años estuvieron aplastados los sedimentos de ese hombre bajo el peso de la tierra, y el día que por fin volvieron a ver la luz, tuvieron la mala suerte de ser encandilados por el reflector de Otis Morgovitz. Los restos óseos y el caparazón de los mejillones no resisten el ácido de los suelos arenosos. Los huesos estaban roídos, partidos y diseminados pero se podía reconstruir mentalmente la coherencia de un esqueleto humano; y con un poco de esfuerzo, hasta conjeturar la posición en que ese tal F. de Baroja se había dispuesto a morir. El filo de una escápula, un húmero y pedacitos del metacarpo estaban vagamente alineados hacia la empuñadura de un arcabuz que yacía a tres metros. Era un arcabuz de mecha, militar, con disparador de palanca tipo ballesta. Tenía que ser anterior a 1630 cuando aparecieron en el Río de la Plata los arcabuces de rueda o de pedernal con guardamontes. Otis rebuscó los huesos del otro brazo pero no los pudo encontrar. Vio también la fractura que había recibido el cráneo; algunos fragmentos habían quedado astillados entre los guijarros de la grava. Se arrodilló. Cubierto por el polvo comenzó a tirar de una hilacha y trajo consigo un cinturón de cuero transformado en una baba impalpable de la que colgaba una placa de metal. En la placa, corrompida, alcanzaban vagamente a leerse las letras fundidas sobre sí mismas: *F. de Baroja, 1591, (…) de la Gobernación*. Podía ser Francisco, Federico, Fernando. Coincidía con la otra inscripción ahora en manos del director del museo, en Gral. Alvarado. ¿Había sido un soldado, Baroja, incursionando en tierra ignota?, ¿un sargento abandonado por la expedición de Hernandarias?, ¿un guarda costero enviado por Sancho de Nebrija y Solís a vigilar las incursiones de los piratas luteranos?, ¿un marrano perseguido por la inquisición de Lima?, ¿un contrabandista, condenado por la audiencia de Charcas, muerto en plena fuga?, ¿un agente de los oidores enviado a perseguirlo? ¿Había que honrarlo con un entierro oficial o abandonarlo en el olvido? Seguramente había una respuesta, pero era justamente eso lo desalentador. Para Otis, que hubiera una respuesta, sumía a toda investigación en el ámbito de lo mundano. No estaba hecho Otis para las ciencias, porque en la intimidad de su pensamiento se cuestionaba: si existe una respuesta, ¿cuál es el objetivo de buscarla? Prefería dedicarse de lleno a problemas para los cuales sabía de antemano que no existía solución. Imaginó a los corsarios naufragando durante una sudestada y a los tesoros acumulados de oro y plata hundiéndose en el suelo fangoso a pocas leguas de la costa. Imaginó el cuerpo mismo de Baroja dando con la tierra y enterrándose poco a poco con las lluvias, las mareas y los vientos, huesos avanzando a la deriva subterránea, día a día, año tras año. Imaginó la carrera furtiva hacia el horizonte de un malón de guaycurús, el coceo de un caballo contra la tierra hueca y el crepitar de una fogata solitaria mantenida por las mañas de algún adelantado español. El Prof. Maneo ya había recorrido archivos y bibliotecas y no había encontrado el nombre de Baroja ni en cartas de la época, ni en listas de reclutamiento, ni en la entrega de solares, ni en las subdivisiones de chacras. Había investigado en las relaciones del obispo du Bois, en las sumarias de Sevilla; pero no había documento que mencionara ni ese apellido ni uno parecido… Berija, Barjuna, Beruga, Barueja. Si Baroja guardaba secretos que hubieran sido imposible extraérselos en vida; no sabía Otis cómo, o incluso para qué, muerto y tantos siglos después, iría él a revelarlos. Unas costillas proyectan sus propias sombras titubeantes entre los destellos del reflector. Otis se estira y pasa los dedos sobre la superficie de la calavera fracturada; cuando la voltea para verla de frente, la calota se quiebra por la sutura y Otis se queda con un pedazo de arco superciliar entre los dedos.

Ahí abajo, las sacudidas del viento y el golpe de las olas habían desaparecido; el olor a cuero de vaca y a bosta, sin embargo, se había hecho más intenso. De vez en cuando el viento traía el mugido rezagado de una vaca. Sí, el destino finalmente lo había reunido con los restos de aquel hombre, pero Otis sentía que ese aislamiento subrayaba aún más la futilidad del diálogo. Si algo había aprendido en los años que llevaba como arqueólogo era que todos, vivos y muertos, recorren ciegamente los minuciosos pasos que los llevan a encontrarse con su destino. Por un momento sintió que no era Baroja quien lo esperaba, sino él quien lo había estado esperando sin saberlo. Era él quien debía responder a las preguntas que le hacía el muerto, quien tenía que esconder secretos, a quien de verdad le dolía el esqueleto. Se preguntaba de qué coincidencias había sido protagonista, qué pasos había dado para llegar desde Virginia, o incluso desde Cuernava o desde Novisibirsk, hasta el fondo de ese pozo. Las coincidencias pueden ser el resultado de recorridos tan enmarañados que fácilmente podrían confundirse con la magia. Esta rodilla con esta piedra, esta fibra con este grano de arena. Este olor a mamífero en celo que me entra por las venas con este cuerpo que se prende fuego. ¿Cuántas coincidencias tuvieron que sumarse para que yo me encuentre ahora frente a esta calavera? La ventana trabada de Bojinovic, el Alzheimer, mi oficina... ¿Se darán alguna vez las coincidencias necesarias que me lleven a encontrar una mujer? Esa teoría de que en la vida nos está destinada solo una mujer, es una perversión de las estadísticas. En una población mundial de siete mil millones de habitantes, quinientas mujeres es un número mucho más ajustado que, además, seguiría manteniendo el porcentaje en un mínimo de pretendientes... una proporción igualmente ínfima que también podría confundirse con el azar providencial. Y si a las quinientas mujeres que lo esperaban hoy, sin saberlo, en algún rincón del planeta, agregaba todas las que lo esperaron infructuosamente a lo largo de la historia, el número podía llegar hasta cientos de miles. ¿Cuántas lo seguían esperando, momificadas en los cementerios medievales de Siberia, atrapadas en los filones más profundos de la Mesopotamia, con los huesos molidos bajo siglos de depósitos calcáreos en Tanzania? Lo invadió a Otis una sensación de nostalgia por las mujeres que murieron sin conocerlo, pero también una nostalgia prospectiva por todas las mujeres para las cuales él sería, algún día, otro pretendiente más aplastado entre dos tiempos geológicos. Otis alcanza a imaginar, en las vetas orgánicas que llegan del campo, el contorno sensual de una vaca, sus fronteras musculosas, tibia, cubierta por el brillo del cuero humedecido a pesar del frío y avanzando a trancos a pesar de la oscuridad. Otis cierra los ojos, visualiza a la vaca inclinándose para pastar y se imagina avanzando desnudo por el campo, con el reflector en la cabeza. Que me digan dónde está la aberración si uno va caminando en la noche y le ocurre introducir la verga ya rígida por la emoción en la vagina humedecida de una vaca. Toda carne es vacuna. Otis imaginaba que, con su altura, su miembro erecto coincidiría exactamente con la brecha rozagante y quién podía dudar que la vaca preferiría un poco de amor a pasarse la noche rumiando. ¿Solo yo puedo reconocer la excitación que esconde ese mugido... ese deseo que te invade como un racimo de fuego, que te hace caminar en la oscuridad, que te lleva a encontrarte con esas grupas empacadas y quererla hasta el agotamiento? Esas ancas, ese vaivén, esa piel dura que resiste, con sus cientos de kilos sólidos, sobre la tierra firme, la fuerza de la penetración. Tierra que raja la tierra. Te acaricio la piel correosa a contrapelo. Estómagos. Intestinos. Esófago. Garganta. Cabeza de Vaca. Lengua de vaca vomitando gritos de placer. Carnaval de vaca. Vaca lechera. Vaca sagrada. Carne viva. Carne salvaje. Carne cuarteada. Descarnada. Carneada. Carne que busca la carne. Carne resurrecta. Vuelta y vuelta. Carne al asador. Carne propia. Carne de cañón al pie del cañón. Carne Bruta. Carne roja. Jugosa. Carne a punto. Carne picada. Carne argentina desgarrada, abierta con la suavidad del bofe y generosa como la sangre caliente...

—Nos estamos cagando de frío, doctor!

El grito de Zuñiga saca a Otis de la distracción. El Prof. Maneo no podía creer la incoherencia de esa escena: un arqueólogo intentando disimular una erección, de rodillas, sobre los restos de un esqueleto. Otis se apura a guardar el trozo de calota en la cazadora y se arrastra hacia el arcabuz. Se incorpora junto con el arma. Esperaba la ligereza de las otras piezas pero lo sorprende el peso. Con el impulso irrefrenable de dispararlo, trepa, seguido por el Prof. Maneo, hasta el borde de la excavación.

Los perros lo reciben repasando el rastro de los olores pero Otis no les presta atención. Busca, a través de la mira del arcabuz, un blanco hacia donde disparar. Sospecha que el último disparo de Baroja habría sido hacia el mar; una forma de súplica, una invocación marcial. Imagina ese último disparo repitiéndose en la distancia. Empuña fuerte el arcabuz. Apoya la caja contra el hombro. Presiona. El gatillo resiste acalambrado. Por un momento, Otis confía en que a pesar de los siglos, a pesar de que no tenía ni pólvora ni mecha en la serpentina, aquella arma estaría lista para liberar una última descarga. El Prof. Maneo lo observa enarbolar el arcabuz y no puede evitar ver una correspondencia con la erección. Otis finalmente intenta disparar, pero el gatillo se quiebra y el arma cae hecha pedazos contra el suelo. Mientras Otis recoge las piezas, Maneo y Zuñiga lo miran como si vieran proliferar sobre su cuerpo los signos de un virus letal.

Cuando Otis terminó de recoger los pedazos, se dio cuenta que lo habían dejado solo.

Rehicieron el camino primero hasta el auto y después hasta el hotel sin intercambiar palabra. El apuro con que el Prof. Maneo y Zuñiga dejaron a Otis en el lobby fue proporcional a la morosidad con que lo habían recibido. Visible por la luz del amanecer, el hotel parecía otro lugar. En conserjería no había nadie. Otis subió al cuarto y apenas entró descubrió, a través de las cortinas, la ondulación de los médanos y más allá, el mar, casi como una raya brillante, y un cielo de nubes dispersas. Si no hubiera sido por los médanos, Otis habría podido ver las lucecitas de la bahía, todavía titilantes en el amanecer vaporoso, y las ciudades costeras bordeando la inmensidad del océano.

Sobre una mesita, arrimada al pie de la cama, Otis fue apoyando las partes del arcabuz, el fragmento del cráneo y la chapa fundida. Se tiró sobre la cama sin darse cuenta que estaba deshecha. Sentía la arena y la tierra que traía en el cuerpo pero no tenía fuerza de pegarse una ducha. Había agotado las oportunidades que le había facilitado Bojinovic y anticipaba que, esta vez, debía hacer algo impensado para evitar que Mordaff aprovechara su ausencia y pusiera en marcha los mecanismos para despedirlo. Los asistentes del Prof. Maneo llevarían a cabo, meticulosamente, todos los exámenes de rutina, y continuarían estudiando las posibles conexiones con Francisco de Borja, príncipe de Esquilache o con el otro, Juan de Borja, el de las Empresas Morales. Pero todo eso podría llevar semanas, meses o quizá años y el sabía que tenía que tomar un atajo y que tenía que tomarlo en ese momento.

Miró el techo, volvió a mirar a través de la ventana, en los espejos biselados, en la mesita tambaleante donde había apoyado los artefactos. Observando las capas de pintura descascarada en el ángulo de la mesita, como si se tratara de sedimentos geológicos, tuvo un golpe de inspiración. Se dio cuenta que si quería sorprender a Bojinovic debía recurrir a la arqueología doméstica: encontrar alguna pista olvidada en algún cajón, en el dorso de un portarretrato, en algún documento íntimo heredado de generación en generación. Los roperos y los cajones eran los lugares menos frecuentados por los arqueólogos y sin embargo, tenían una riqueza invaluable. Si William Rathje había hecho de la basura el objeto de estudio de la antropología y la clave de nuestra civilización, ¿por qué no podría él encontrar, entre adornos viejos o corbatas descartadas, la identidad de *F. de Baroja*? No se trataba del tesoro de Príamo o de los monumentos de Troya, sino de una cadenita o una medalla olvidada entre bolas de naftalina. Como en un sueño, nada le pareció que tenía más sentido que ese plan y saltó con urgencia de la cama con la sensación, por primera vez desde que había llegado a la Argentina, de saber lo que estaba haciendo. Otis busca y rebusca, en todos los rincones del cuarto, una guía de teléfonos pero no encuentra nada. Baja al lobby para pedir una y lo recibe una chica en conserjería. Por el pelo todavía húmedo, se dio cuenta que estaba empezando el día:

—Va a tener que disculpar las molestias pero estamos sin cocina… —señala con la cabeza los pasillos en construcción y le extiende con una sonrisa un papelito— pero si va al café de acá al lado… este *voucher* es para dos medialunas. Quedan de manteca nada más…

—¿Tienen internet?

—Va a tener que preguntar.

—Acá, ¿no tienen internet?

—No; para los clientes, no.

—Necesito un directorio de teléfonos…

—¿Una guía de teléfonos?

—De todo el país. Es una urgencia…

La conserje desaparece adentro del ropero de una oficina atestada de papeles y a los cinco minutos emerge con un atado de páginas amarillentas y resquebrajadas:

—Está viejita… pero la gente no cambia de número…

Otis vuelve al cuarto. Se quita las sandalias, las medias y los pantalones y se sienta a un costado de la cama junto al teléfono. Con esos despojos de guía telefónica sobre las piernas va recorriendo las páginas y después los apellidos: Barnes, Barneto, Baro, Barolo, Baroja!…. Otis sabía que "García" o "Pérez" encontraría miles y temía que lo mismo ocurriera con los Barojas. En todo caso, nada impedía que si acaso existía algún descendiente vivo y capaz de ofrecer alguna información, se hubiera ido a vivir a Uruguay o a Dinamarca, o que los Barojas que sí pudiera encontrar hubieran llegado a la Argentina décadas o siglos más tarde y nada tuvieran que ver con el Baroja de los huesos. Para alivio de Otis, sólo aparecieron cinco:

Baroja, Encarnación
Baroja, Juan, J.

Baroja, Pío
Baroja, Enrique
Baroja, Sonia

Otis decide ir descartando por el mismo orden en que están enlistados. El teléfono estaba enchufado a la pared por un cable pelado. Llama primero a Encarnación. Es un número en Capital. Suena diez veces hasta que contesta:

—¿Diga?

—¿Encarnación Baroja?

—¿Sí?

—¿Se encuentra?

—Sí, sí... ella habla, ¿quién es que no lo escucho? ¿Hola? ¿Me escucha?

—Mi nombre es Otis Morgovitz, soy arqueólogo y estamos trabajando en un hallazgo en San Clemente del Tuyú. Se trata de un... de un...

—Haaa... ¿Puede llamar después de las ocho que vuelve mi hermano del negocio?

—No quería molestarla... Estamos buscando a los descendientes de...

—No se preocupe... pero mi hermano es el que... ¿Descendientes de quién?

—¿Usted es Baroja de apellido?

—Baroja. Claro... Bueno, en realidad no. Mi abuelo se llamaba Baruch con ce hache... y se lo cambiaron cuando llegó de Rusia.

Otis vuelve a mirar el nombre en la guía: *Baroja, Encarnación.*

¿Qué clase de nombre era Encarnación Baruch? ¿Qué judío llamaría Encarnación a su hija?:

—¿Era judío su abuelo?

—Era el *Jazán* del templo de Morón.

57

Otis no sabía lo que era "jazán" ni tampoco "morón". Pero la referencia a un templo lo llevó a visualizar un hechicero en un altar de sacrificios. Estaba cansado para seguir esa línea de investigación. Alcanzó a formular una última pregunta:

—¿Y su padre?

—No, mi padre no, era oftalmólogo... Llame después de las ocho...

Colgó y llamó a Baroja, Juan J... Daba ocupado. Intentó con el siguiente: Baroja, Pío. ¿Pío Baroja? El número era en Villa Mercedes. Atendió una mujer. El acento español era muy fuerte, pero ya se habían contrabandeado algunas inflexiones argentinas. Por la voz débil y cascada, Otis pensó que podría haber tenido, fácilmente, noventa años. Era un buen signo.

—¿El señor Pío Baroja se encuentra?

La anciana permaneció en silencio por un segundo antes de contestar, pero la calidad de ese silencio fue suficiente para sugerirle a Otis que estaba hablando con la viuda.

—¿Quién lo busca?

—Soy un arqueólogo de la Universidad de Virginia, estoy tratando de encontrar descendientes de los primeros Baroja que llegaron al país...

—Ahh, mi marido ya no vive más acá...

Dijo "acá" pero Otis se dio cuenta que solo era para diluir lo definitorio del "ya no vive más".

—¿Y tenía algo que ver con el escritor?

—¿Quién yo?

—Su marido, Pío Baroja, ¿tenía algo que ver con el escritor?

En ese momento la viuda comenzó a contar una historia larga y ramificada que tenía algo que ver con la Guerra Civil pero también involucraba diferentes puertos, un bombardeo, un hospital donde alguien se había salvado, un teatro donde el marido había dormido entre las butacas y una película cuyo título empezaba

58

con la palabra "tabaco" o "abanico"; difícil decir porque Otis había dejado de prestar atención y había empezado a mirar por la ventana una formación de aviones Hércules que sobrevolaban al ras del océano. Otis no se imaginaba con qué podía relacionar esa escena inaudita si no fuera con la amenaza del SK38 que según los últimos cálculos iba a caer a 200 kilómetros de la costa de Cabo Verde. Otis colgó sin saber si el relato de la mujer había terminado o incluso sin recordar si se había despedido. Para ese momento los Hércules ya habían desaparecido.

Llamó a Baroja, Enrique pero atendió una máquina: *El número marcado no corresponde a un cliente en servicio... El número marcado no corresponde a un clien...*

Por lo menos una persona había cambiado de número.

Respiró por unos momentos para darse ánimo y volvió a marcar el número de Baroja, Juan J. Seguía dando ocupado.

Llamó al último nombre de la lista; Baroja, Sonia. Sonia atendió al primer timbre:

—¿Esperabas dejar pasar mucho más tiempo?

—¿Quién habla?

—¿Vos me llamás a mí y vos me preguntás quién habla? Empezá de nuevo. Si me cancelan una vez más, voy en persona y le armo un quilombo a Gutiérrez que se va a acordar hasta la nieta... Que alguien le diga a la Panteiro que no se meta que ya tengo los nervios desparramados... No, mejor no le digan nada, se lo voy a decir yo en persona.

—Sonia... ¿Baroja, Sonia?

—Esperá un minuto. ¿No es del canal? ¿Quién habla?

—La puedo llamar más tarde. Venimos de la Universidad de West Virginia, en Estados Unidos. Soy el responsable de un equipo de investigación... Mi nombre es Otis... Morgovitz.

—Otis.

—Morgovitz.

–¿De Estados Unidos?

–De la Universidad de West Virginia, del departamento de arqueología…

–¿Me llaman desde Estados Unidos?

–No… La llamo desde San Clemente del Tuyú. Estamos haciendo una investigación en una estación de… se encontraron los restos de un… Las placas hacían referencia a un tal *F. de Baroja*… ¿Le dice algo? ¿De dónde es su familia?

–Hubiera jurado que llamabas del canal… Me tienen que confirmar por lo del programa… Tengo cita con el Tono Gutiérrez y como siempre las turras acechan… Pensé que te mandaba la Panteiro… El medio es así… pero yo estoy más allá… Yo mantengo el Kundalini derechito porque lo más importante es la energía positiva, acá, en el Dan-Tien, te lo dice cualquier actriz…

–¿Usted es actriz?

–Cinco años trabajé con Marina Garibaldi. Acá no vas a encontrar a nadie con tanta preparación… te hacen un cursito de mimo en el San Martín y a otra cosa. Yo salí del triángulo de las Bermudas: Escalabrini Ortiz, Santa Fe, Honduras… Hice Kábala, terapia de vidas pasadas, ciclismo espiritual, neuropilates, masaje tolteca, coaching ontológico… Igual, lo tenés que llevar en la sangre. Yo en otras vidas fui princesa egipcia, buscadora de perlas, cantante de ópera… ¿te das cuenta? Todas profesiones para las que tenés que ser multifacética…

–¿Usted sabe cuándo llegó su familia a la Argentina? Si logramos comprobar que *F. de Baroja* fue enviado al Cabo de San Antonio durante la gobernación de Hernandarias, nos permitiría entender un capítulo significativo sobre las estrategias de defensa de las costas de Buenos Aires. Estamos hablando de la época del Virreinato del Perú… Solo tenemos unos huesos, un arcabuz y unas medallas. No sabemos quién era ni podemos asegurar qué hacía en esas playas.

Otis la trata de "usted" y habla con un acento que a Sonia le recuerda las voces de las películas dobladas. Mientras él describe el hallazgo se va revelando en la mente de Sonia, como en una *Polaroid*, la escena y el titular que aparecería en los diarios: CIENTIFICOS ESTADOUNIDENSES DESCUBREN ANTEPASADO HEROICO DE DIVA DEL ESPECTACULO. Sonia se ve en traje largo y con alhajas a la salida de alguna función, abrazada al grupo de exploradores, todavía sosteniendo las palas y medio cubiertos por los sombreros de fieltro. Otis, por su parte, no alcanza a descifrar lo que ella dice: con ese acento tan marcado y a esa velocidad es como si hablara prácticamente otro idioma. Pero ese ritmo, esa melodía, esa porosidad de la voz, lo hipnotizaba y lo seducía y tenía que resistir para no ser absorbido completamente:

—Es posible que, en un futuro, si se hace un documental de esta expedición usted pudiera participar... de alguna manera... Por lo pronto el equipo ya está trabajando en los análisis químicos, estratigráficos, genéticos, estudios de radiocarbono, cuenta de polen, clasificación de artefactos, tomografías... ¿Usted escuchó hablar del isótopo de Estroncio?

—Yo era la única que le creía a mi abuela cuando decía que los Baroja venimos de alcurnia. Si es por experiencia frente a la cámara no te preocupes. De extra ya no hago más porque con los de SUTEP no cobras un mango. Y ahora con lo del programa se alinean todos los planetas. Yo no salí de la nada ni voy a llegar por no venir de ningún lado... Al final tenía razón Belalia... Yo no soy como la pendeja esa, la Zoe no sé qué, que a los nueve bailaba en Hamburgo, a los dieciséis posó desnuda para no sé qué revista en Alemania y después donó todo para las minas terrestres. Y creeme que la cara no la acompaña; tiene una cuerda atómica en el culo! Yo no, yo vengo de donde hay que venir y tengo lo que hay que hacer, por eso lo importante es estar bien una en lo personal. Mucha levadura de cerveza. Si es en polvo mejor: la queratonina incentiva al lóbulo frontal que es la parte más importante del cerebro porque ahí está el centro de la personalidad. Levadura de cerveza y dormir bien.

¿Sabés qué soñé hoy? Decime si no es un signo subliminal. Soñé que el chancro empezaba a crecer, me tapaba media cara, se volvía del tamaño de toda la jeta y estábamos los dos arriba de un escenario.

–¿Los dos?

–Yo y Pafundi. Él estaba vestido de mago y me apuntaba desde lejos con una pistola de esas largas y me disparaba. Me disparaba! y el quiste reventaba en mil pedazos y la gente aplaudía de pie, y yo, con el boquete en la cara saludaba y agradecía y me tiraban flores, pero me caían a los pies y yo con el reventón no me podía inclinar mucho para levantarlas porque se me caía todo lo de adentro. No sé qué pasó después porque me desperté, pero el ruido de los aplausos seguía. ¿Qué querrá decir soñar con espectáculos de magia?

Definitivamente era el acento argentino, pero también la energía que la impulsaba, la sensualidad, la respiración que revelaba entre los silencios, era la mezcla de todo eso lo que lo había paralizado. Otis no entendía de qué le estaba hablando pero esa voz lo absorbía como un agujero negro y lo volvía a escupir en cada palabra. No recordaba haber sentido nunca esa fascinación… Cuando finalmente se recuperó, logró enlazar tres palabras:

–¿Nos podemos encontrar?

–Podes venir a verme.

–Me acaban de prestar un carro para viajar a Buenos Aires. Puedo estar ahí mañana.

–¿Un carro?!

–Un auto…

–El viernes en EL WAIKIKI. Aunque va a estar medio vacío por el 9 de julio.

–¿Por la 9 de julio?

–Exacto…

–9 de julio y Corrientes!

–Exacto! De corrientes… digamos… 9 de julio y Corrientes… unas veinte cuadras. ¿Conocés Pompeya?

—Sí, sí, 9 de julio y Corrientes. ¿Cómo no voy a conocer? El obelisco. ¿A qué hora?

—Yo me paso todo el día ahí pero ponele nueve y media, diez, diez y media

—Ahí voy a estar.

—… diez, diez y media. Chau.

—Espere!…

Sonia estaba por cortar pero sintió en la mano la vibración de la voz:

—¿Qué?

—¿Y… cómo la voy a reconocer?

Otis quería escuchar la descripción de su propia boca, en esa voz. Quería cotejar sus expectativas con la realidad; pero Sonia solo respondió:

—Me vas a reconocer. Cuando me veas me vas a reconocer.

Otis cuelga, deja la guía de teléfonos de costado y queda rendido a todo lo largo de la cama. El cansancio acumulado desde el vuelo, la llegada a la costa, el frío, el tiempo que pasó en la excavación y la charla con Sonia Baroja finalmente le hizo efecto y su cuerpo se fue deslizando, a la deriva, hacia un estado de parálisis, incapaz de llevar a cabo un solo movimiento; pero él seguía oyendo la voz de esa mujer; recreando en su mente la forma de los labios. ¿Había soñado que alguien le disparaba con un arcabuz? Y con el miembro entumecido siente la necesidad de aliviar la tensión; pero está tan cansado que no puede siquiera levantar una mano… Resignado, suspendido entre la vigilia y el sueño sus fantasías se reconfiguran hacia otras ideas, otras imágenes marginales. Vuelve a los versos que había recitado el Prof. Maneo, pero no logra recordar la letra. De a poco va reconstruyendo algo de la entonación y los caireles de la rima. Cuanto más logra recuperar, más le parece una especie de haiku rioplatense. Salud… Paysandú… tierra… saludos de mi tierra… tierra de aquí… Se pregunta qué sabría Bojinovic sobre la vida de Gabino Ezeiza. Sin proponérselo, la melodía de la payada se va poblando de palabras que él junta caprichosamente. Otis se reconocía a si mismo creando el poema pero no podía definir si lo estaba escribiendo en la vigilia o estaba soñando que lo escribía. Le pareció el mejor haiku que jamás hubiera escrito pero no podía sumar las fuerzas necesarias para levantarse y anotarlo. Y a pesar de que ya estaba a punto de dormirse, intuía que a la mañana siguiente lo olvidaría por completo. Con la esperanza de dejarlo grabado en la memoria, comenzó a recitarlo una y otra vez, como olas que golpean en la orilla, como un mantra, como un rezo:

> *En la superficie del agua*
> *Explotan los fuegos artificiales*
> *Ezeiza se repite*
>
> ...
>
> *En la superficie del agua*
> *Explotan los fuegos artificiales*
> *Ezeiza se repite*

CAPÍTULO
5

AVENIDA 9 DE JULIO Y CORRIENTES

Otis miró el reloj. Sí, Sonia había dicho a las diez y media en 9 de Julio y Corrientes. Y para estar seguro, llegó quince minutos antes. Otis ya sabía, por experiencia, que si uno llega adelantado, esa misma cantidad de tiempo se la tomarían los demás para retrasarse. Si llegaba diez minutos antes, Sonia llegaría diez minutos tarde, y si llegaba veinte minutos antes, tendría que esperar cuarenta. Había comprobado esa ley proporcional de la espera, invariablemente, en cuanta cita tuvo a lo largo de su vida y a través de todas las culturas: en Cuernavaca, en Montevideo, en Morgantown, en Novosibirsk, y ahora; estaba seguro, lo comprobaría también en Buenos Aires. Nunca se había atrevido, sin embargo, a utilizar ese conocimiento a su favor. Él siempre llegaba adelantado, resignado desde un principio a la espera duplicada. Esta vez, había llegado quince minutos antes, a las diez y cuarto, y estaba preparado a esperar hasta las once menos cuarto. No le importaba; de todos modos, qué otra cosa podría hacer un turista más que pasarse el tiempo mirando a la gente. Podría estar en esa esquina durante una hora, si fuera necesario, sin aburrirse. Sí, Sonia había dicho 9 de Julio y Corrientes, pero, aunque fuera ése el cruce de avenidas más reconocible de todo el país, no dejaba de ser el lugar donde resultaba más fácil desencontrarse. A veces cuesta verse en una simple esquina, tanto más costaría allí donde había por lo menos quince; y eso, obviando la inasible serie de esquinas que se sucedían, infinitesimalmente, en torno a la rotonda del obelisco. Sonia lo había citado en la avenida más ancha del mundo y no le había dado la más mínima información. Ni siquiera sabía cómo era ella. Lo mismo hubiera dado que lo citara en el río de la Plata. Aunque recién ahora se daba cuenta, ¿lo había citado o se lo había sacado de encima? Otis estaba apoyado contra un ventanal en Cerrito y Corrientes. Miraba las luces del tránsito y las publicidades montadas sobre las fachadas de los edificios. El anuncio de Coca-Cola que se prendía y se apagaba, la pantalla gigante de televisión con el primer plano de una mano pasando crema sobre un muslo, la marea de luces rojas y blancas que se cruzaban a lo largo de la avenida. ¿Era de verdad la avenida más ancha del mundo? ¿O era otra exageración de los argentinos? Si de algo podían jactarse los argentinos era del gusto por la exageración. En la esquina contraria a Cerrito y Corrientes, Otis vio un grupo de jóvenes, y más cerca del cordón, una anciana atenta al tráfico como si estuviera esperando un taxi. No alcanzaba a ver las esquinas opuestas, del otro lado de 9 de Julio: un poco por la miopía pero también por las luces del tránsito que, a la velocidad, desfiguraban las siluetas. Le pareció distinguir, sin embargo, en los semáforos de Diagonal Norte y Carlos Pellegrini, a un chico limpiando parabrisas, y sobre la vereda, un grupo de gente charlando a la salida de un bar. En Carlos Pellegrini y Corrientes, un poco tapada por el obelisco, creyó ver una mujer. Otis cruzó la avenida. Sonia le había dicho: "cuando me veas, me vas a reconocer". Él iba buscando alguna señal irrefutable a medida que se acercaba. Cuando llegó a unos pasos comprobó que era un travesti, pero tampoco podía descartar la posibilidad, quizá remota, de que Sonia fuera un hombre. Siguió caminando despacio, pero el travesti ni siquiera le cruzó una mirada; lo ignoró por completo.

Otis volvió a mirar el reloj: ya eran las diez y cuarenta y volvió a cruzar la avenida para apostarse, una vez más, en la esquina de Cerrito y Corrientes. Se hicieron las once menos cuarto y Sonia seguía sin aparecer, comenzó a dudar de que llegara. Existía la posibilidad, se le ocurrió, de que Sonia hubiera dicho a la diez, y que él lo hubiera recordado como diez y media. En ese caso, era él quien había llegado tarde. Quizá fue Sonia la que esperó quince minutos y se fue. O quizá fue ella la que llegó quince minutos antes, estuvo media hora esperando y se marchó desilusionada. Era posible que se hubiesen desencontrado por sólo cuestión de segundos. No, no podía ser. Tenía que haber estado esperando en la esquina equivocada o tendrían que haber ido desencontrándose sistemáticamente de esquina en esquina.

A las once en punto, Otis había alcanzado tal grado de confusión que ya no sabía si Sonia había dicho a las diez y media en nueve de Julio, a las nueve y media en diez de Julio, o a las nueve y diez a mediados de Julio. Había mencionado también Pompeya pero no a una hora en particular. Quizá ya era hora de marcharse, pero tampoco quería irse demasiado temprano. Si hubiera sido por él, podría haber esperado hasta una hora, ¿pero que ocurriría si después de una hora, ella aparecía? ¿Cómo le explicaba que estuvo allí una hora entera esperándola, a la deriva, como un imbécil, corriendo en torno al obelisco, cruzando en el frío, de vereda a vereda, la avenida más ancha del mundo? Le pareció que no había sido una buena idea vestirse de traje. Esperar cuarenta minutos le pareció un periodo aceptable: caballeresco sin llegar a la degradación total. Para esa altura, ya habían pasado más de cuarenta minutos, de manera que comenzó a caminar por Carlos Pellegrini hacia Rivadavia.

Otis caminaba pegado a los edificios, un poco decepcionado pero también un poco orgulloso de sí mismo. A pesar de que lo habían dejado plantado, había logrado burlar, aunque sea por una hora, su disminuida condición de turista; había sido protagonista de una pequeña historia de Buenos Aires, había logrado formar parte del paisaje porteño. De alguna manera, esa parte de la ciudad ya le pertenecía. Dejó de caminar y se concedió un momento para atesorar esa furtiva sensación de pertenencia. Se quedó observando la publicidad de Coca Cola que ocupaba casi todo el frente del edificio. Estaba tan cerca que no podía leer las letras; sólo veía, hipnotizado, el juego de las luces rojas y blancas que se prendían y apagaban en secuencia. Los ojos se le comenzaron a fatigar y dejó de prestar atención a las luces que se iban encendiendo y se concentró en las que se iban apagando. Descubrió, con asombro, los paneles de cristal líquido que posibilitaban las imágenes y experimentó ese simple hallazgo como una revelación, como si hubiera dado con la trama secreta de la realidad; y el mundo, despojado de toda sustancia, exhibiera ese bosquejo esquemático de coordenadas que sólo los arquitectos o los programadores pueden contemplar. Otis miró a su alrededor y vio toda la ciudad desintegrándose, desnudándose hasta los huesos: todas las luces se iban apagando, aquí y allá, una a una, los letreros de neón, los bares, los semáforos, las luces de los autos. Todo se esfumaba bajo su mirada atónita, y comenzó a ver ese mar de asfalto como se hubiera visto antes del trazado de las calles, antes de la remota edificación de Buenos Aires, cuando los caminos que la cruzaban eran aún huellas frescas sobre sus extensos tembladerales. Contempló esa gran ciénaga cercana al río en una noche fría y tranquila. En medio de ese panorama no le molestó tanto que Sonia no hubiera aparecido. En realidad, ni siquiera se acordaba de ella. Le parecía natural encontrarse solo, y solo él podía oír el silencio que se extendía por detrás de los ruidos, el llamado esperanzado de un búho o el griterío de las chotacabras. Sólo él oía el susurro de la brisa sacudiendo las cortaderas en medio de esa inmensidad que esfumaba los horizontes; y sentía, mucho más intensamente que antes, el gusto salobre que venía del mar. F. de Baroja había muerto sólo y a trescientos kilómetros de un último mojón rudimentario, desterrado hasta del más remoto confín de América. Otis miró en dirección al mar y llenó sus pulmones con el aire contaminado de la avenida como si se tratara del aire puro de 1600. Sentía una indefinible confraternidad con aquel que había sido hombre y ahora descansaba despatarrado, más bien con los huesos en diferentes estantes, en el sótano del museo de General Alvarado. No importaba si había sido un soldado, un hidalgo, un desertor o un fugitivo; advertía esos huesos como una presencia en su propio cuerpo, y la fragilidad del calcio, como si a él mismo pudiera pulverizarlo la más mínima caricia. Muchas veces, bajo las vigas de un edificio en construcción, en las montañas de Marruecos, en un campamento en Siberia, le había sido dada esa curiosa epifanía: la desfasada conciencia de estar viviendo en el pasado. Ahora, desde la inesperada confraternidad con los restos de Baroja, experimentaba la sensación de estar viviendo el presente y el pasado al mismo tiempo.

Un bocinazo largo, el chirrido espantado de una frenada y el choque de dos autos lo sacaron del sopor. Otis buscó, en torno suyo, el lugar del impacto, pero no vio nada, probablemente había ocurrido a unas cuadras de allí. Escuchó unos gritos y después unas sirenas que venían del norte. Recordó vagamente la alucinación, como los elementos dispersos de una pesadilla antigua pero seguía retumbando en su interior las distancias del paisaje y los ecos de F. de Baroja. Debía resolver ese rompecabezas sin piezas o con pocas piezas que no encajaban para armar la imagen de su propia historia, concebir una trama, aunque fuera ficticia, que estuviera a la altura imaginativa de Bojinovic... de otra manera, también terminaría así, con los huesos reales sembrados en el barro, solo, en las profundidades de alguna tierra baldía, como la biblioteca de Cuernavaca o incluso como esa misma esquina.

Se descubrió avanzando, retomando la caminata sin prestar mayor atención, caminando sin rumbo fijo.

Después de varias cuadras vio un cartel que lo sorprendió. Debajo de una flecha, el cartel indicaba: "Pompeya". Sí, definitivamente Sonia había mencionado Pompeya. ¿Conocés Pompeya? Lo atrajo la idea de una Pompeya sudamericana que no estuviera todavía cubierta por la lava. Manteniendo un recorrido geométrico, dobló en Sarmiento y siguió hasta Esmeralda, caminó por Esmeralda hasta Mitre y por Mitre hasta Florida. Desde allí divisó, a unos cincuenta metros, colgando de una puerta, el cartel de neón: una isla y una palmera delineadas con tubos azules y el nombre del lugar, en rosa chillón, que se prendía y se apagaba: EL WAIKIKI. En ese momento recordó que Sonia había mencionado algo sobre Waikiki pero no le había prestado atención. Sólo pensar en Hawaii en medio de esa ciudad asfixiante y hacinada; invocar en la mente la verdadera isla y la verdadera palmera en medio de esas calles llenas de mierda de perro, gritos y humo de escape, convenció a Otis de que estaba siguiendo el camino correcto. Caminó hacia allí como si se dirigiera ciegamente hacia una Utopía… hacia la ciudad del Sol. Era, pensó, una buena señal que encaminándose hacia Pompeya, el infierno terrestre, se hubiese topado, inesperadamente, con las orillas de un paraíso perdido. En la puerta había un negro; tenía los mismos rasgos y vestía con el mismo estilo que los negros que él conocía en Virginia, pero no era alto ni musculoso, más bien parecía ligeramente enfermo. Creyendo que no había negros en Argentina, Otis tuvo el instinto de hablarle en inglés, pero se le ocurrió que podía ser africano, así que habló en español:

—Disculpe, ¿acá trabaja Sonia Baroja?

—Pueh, claro. Pasa pasa chico que tenemo lah muheres máh lindas de toda lah ihlas hawainaaa……

—¿Eres cubano?

—De Cárdenas chico, ¿conóceh?

—Pasé unas horas en La Habana…

—Como no, como no; pero ven pasa, amigo, pasa que hoy loh amigo entran gratis…

Apenas se traspasaba la puerta, había que bajar unas escaleras y a Otis lo invadió, ya en los primeros peldaños, la mezcla hiriente de perfumes, alcoholes, sexo, humo de cigarrillo y desinfectantes que subía de ese sótano oscuro. Al principio no veía nada, lo aturdía la música acentuada por los destellos de luces que se proyectaban hacia un pequeño escenario. Allí se revolcaba, desnuda, una boliviana sólida y entalcada que podría haber sido su abuela.

70

Las había visto, a las bolivianas, vendiendo bragas y verduras en las calles del centro, vestidas con sus trajes coloridos; pero nunca se hubiera imaginado una boliviana así, en un lugar como ese y en tales posiciones. Se paseaba sobre el borde del escenario, avanzando con las manos y las rodillas, como lo hubiera hecho un animal bajo los efectos de un soporífero. Otis fue tanteando los bordes de unas mesas y unas columnas. Recorrió con el costado de un muslo el contorno de un sillón y cuando decidió sentarse cayó adentro de los almohadones como si hubiera caído al suelo. Y así permaneció, con las rodillas apuntando hacia los techos, hundido en las telas que apestaban a gin y desodorante femenino. Sus piernas largas parecían las patas de una araña tropical. Nunca se había sentado en un sillón tan desvencijado. Pensó que ese debía ser el sillón más desvencijado del mundo. A medida que se fue acostumbrando a la oscuridad, se fueron haciendo visibles los hombres sentados en torno al escenario; eran japoneses, aunque no se comportaban como turistas. La boliviana se había acostado frente a ellos y desplegaba las piernas exhibiendo los labios abiertos de su vagina sonrosada; los japoneses se amontonaban compitiendo por una mejor perspectiva mientras uno, en el centro, iluminaba con una linternita el interior de ese canal. Ni un ginecólogo la hubiera estudiado tan minuciosamente. Otis imaginó a una diosa quechua abriéndose de piernas ante la dinastía entera de los Shogún japoneses. Le pareció una buena imagen para volcar en un haikú:

La piel cobriza de Pachamama.
El shogunato de Kamakura.
Una llama vacila.

Otras personas se dispersaban entre los sillones. Otis vio muslos entrecruzados en la oscuridad, la cabellera rubia de una mujer zambullida entre las piernas de un hombre, un torso atrapado por dos tobillos, dos mujeres lamiéndose los pechos. Finalmente ahí estaba, en el gran país europeo, la París de Sudamérica, y resultaba que los bedeles eran negros cubanos; los clientes, japoneses y las bailarinas, indias bolivianas. Ahora que se ponía a pensar, Paris no era tan diferente.

El nombre de F. de Baroja no asomaba en ningún documento, no se apuntaba en la división de solares, no lo menciona Hernando Arias de Saavedra en ninguna de sus cartas de oficio, no aparecía en los expedientes instruidos a instancia de don Sancho de Nebrija, ni en los archivos de las audiencias, ni en los registros reales. Otis había decidido recurrir a la arqueología doméstica, y la única persona que podía guiarlo hacia alguna pista, lo había dejado plantado. Allí había terminado, en ese cabaret de mala muerte, abrigando la pobre esperanza de que ese *Waikiki* tuviera alguna relación, aunque fuera remota, con aquel que Sonia Baroja había mencionado en el teléfono. Pero, ¿lo había mencionado? Todos los caminos de la investigación habían conducido a un callejón sin salida, y por si acaso no podía visualizarlo, el destino le había deparado ese tugurio de la calle Florida. No podía caer más bajo; había tocado fondo; y eso también podía verlo desde la perspectiva acusada que le ofrecía el sillón desvencijado. Pensó en irse pero la fuerza que necesitaba para incorporarse era muy superior a la que su estado de ánimo era capaz de costearle en ese momento.

Una mujer se le acercó balanceándose sobre unos tacos altísimos. Estaba vestida con un bikini que revelaba el extremismo de su flacura. Lo miraba a Otis desde el interior de unas ojeras cavernosas, dos remolinos negros por donde se desagotaban los globos oculares. Los labios carnosos quedaban atrapados en el encuentro repentino de sus dos perfiles. Se agachó para hablarle, pero a pesar de los pechos desproporcionados, la mujer parecía estar cerca de la muerte. Parecía haber muerto y resucitado en un ir y venir del baño:

—¿Me invitas una copa, papi?

El volumen de la música no le permitía a Otis oír bien:

—¿Que qué?

—Que si me invitas una copita.

—¿Una…?

—Hay, qué rico que sos.

La mujer le acarició la nariz y le deshizo un poco el nudo de la corbata tirando hacia los costados como si se tratara de una correa. Otis se sostuvo las patillas de los anteojos con ambas manos. Ella se acomodó junto a él, pero conocía los caprichos del sillón y permaneció sentada en un borde.

Paseando una de sus manos huesudas sobre la pierna larga de Otis, le habló al oído:

—Que piernas largas, ¿sos jugador de básquet?

—Arqueólogo.

—Ay!, me calientan los arqueólogos. ¿Cómo te llamas?

—Otis

—¿Oris?

—Otis. O te i ese.

—Otis… ¡como los ascensores! Yo soy Yoconda, como la Mona pero mirá; de lisa no tengo nada —Yoconda libera las tetas del sujetador y se las bambolea a Otis en la cara.

Se notaba que había recurrido a ese mismo chiste varias veces en una sola noche. Lo hacía con gracia pero con desgano. Otis pensaba que si esas tetas descomunales hubieran sido infladas con gas, la flaca habría salido volando.

—¿Hay alguna Sonia acá?

—¿Sonia? —Yoconda le interna una mano por adentro de los pantalones y la desliza hacia los testículos.

Otis cerró las piernas pero no lo suficiente como para impedirle toda posibilidad de maniobra:

—¿Sonia Baroja? ¿Está acá?

Justo en ese momento, Otis adivinó la sombra de un cuerpo parado junto a ellos. Tenía el sweater gastado y estirado sobre un abdomen inmenso, y traía una bandeja con dos tragos que depositó sobre la mesa. Otis ni siquiera tomaba el agua corriente en Argentina por miedo a descomponerse, menos iba a tomar ese líquido que ni siquiera alcanzaba a ver. Yoconda tampoco agarró el vaso y eso le multiplicó las sospechas. El hombre del abdomen no se movía.

–¿Cuánto es? –Otis le preguntó a Yoconda con la ilusión de no tener que hablar con aquel mesero improvisado, pero ella continuaba hurgándolo entre las piernas y cerró los ojos.

–¡Cien! –Dijo el mesero. Era la primera vez que hablaba y ya parecía estar perdiendo la paciencia.

–¿Cuánto?

–¡Cien!

¿Cien pesos? Otis mira instintivamente en torno suyo, como un conejo atrapado que calcula en un segundo todas las estrategias posibles pero se da cuenta al mismo tiempo que está paralizado.

El viejo de bigotes pajizos que estaba detrás de la barra tenía que ser el dueño. Otis lo veía desde lejos, el rostro iluminado, en medio de la oscuridad general, por un pequeño televisor portátil que mantenía junto a la caja registradora. Por los cambios de luz que se proyectaban sobre su rostro, creyó que el viejo miraba un partido de fútbol. Se lo veía cansado; cansado de contar dinero, de respirar, pero con ese tipo de cansancio meticuloso que le hubiera permitido matar a alguien y volver, desganadamente, a guardar el arma. Estaría posiblemente a quince metros, pero su gesto desdeñoso, los reflejos del televisor y el humo que lo envolvía, creaban la ilusión teatral de un ícono de altar. Apoyado contra la puerta de la salida había otro negro; no lo había visto cuando entró; tal vez también era cubano. No le quedaba más que resignarse. Incomodado por la mano de Yoconda que no dejaba de sobarlo, Otis logra extraer la billetera del bolsillo trasero del pantalón e intenta distinguir los billetes en la oscuridad. Finalmente saca cien pesos y los extiende; pero el mesero no los agarra:

—¡Son cien dólares, señor!

—¿Cómo?

—Dólares, cien dólares, señor.

Otis vuelve a mirar al mozo, al dueño, al matón de la entrada. Le estaban robando, pero lo hacían con categoría; no le decían a punta de cuchillo "dame cien dólares, hijo de puta!"; no, lo hacían con calidad turística, con refinamiento cosmopolita: "son cien dólares, señor!". Además, la mano huesuda de Yoconda, enroscándose en torno a sus testículos se había vuelto una advertencia cariñosa y sutil. No sólo había tocado fondo, había quedado atrapado allí, y allí permanecería por un buen tiempo. Y si se le ocurría escapar, ya lo agarrarían otra vez por los huevos. Pero Yoconda había dicho que sí, que por allí estaba Sonia y tal vez cien dólares era el precio de encontrarla. ¿Podría cargarlo como gasto de la expedición? Aunque ahora que lo pensaba, Yoconda nunca había dicho "Baroja"; podía haberse referido a cualquier otra Sonia. Resignado, Otis guardó el billete de cien pesos y sacó dos billetes de cincuenta dólares. El mozo agarró los billetes de mala gana y se fue; como si lo pusiera de mal humor perder la oportunidad de sacarle a alguien el dinero y los dientes a la vez. Otis se había hundido todavía un poco más en el sillón. Con la punta de sus dedos esqueléticos, Yoconda le fue recorriendo el tallo largo de su sexo que, a pesar de todos los inconvenientes, comenzaba a revelar una erección:

—Epa!… pero este sí es basquetbolista.

—No, este también es arqueólogo.

Otis no había pretendido hacer un chiste pero Yoconda largó una risotada que desconcertó a algunos de los clientes:

—Ay que me haces reír, mirá que sos cómico! —Yoconda se queda pensando y agrega— Y sí, este debe hacer cada excavación!

Se rieron los dos juntos; Otis más de nervios que otra cosa.

–La Sonia que me dijo… ¿se llama Baroja?

–Sonia Baroja, ¿te calienta la gorda?

–No; quiero decir, no sé, no la conozco… personalmente… hablamos… tengo que hablar con ella. Es por una cuestión… de trabajo. Quedamos en encontrarnos.

–Cuestión de trabajo, he? ¿Qué hora es? Otis miró el reloj:

–Doce y media.

En ese mismo momento sonaron los primeros acordes de una balada: una introducción larga en bajo y batería que sacó a Otis del letargo en que había entrado. Sobre el centro del escenario cae una luz verde que ilumina a Sonia Baroja; está parada sobre dos tacos sicodélicos, el bikini con estampas de leopardo le queda tan chico que parece estar a punto de estallar, pero ella se balancea despreocupada en torno a un poste de metal.

Yoconda se la señala a Otis con la pera:

–Ahí la tenés.

Una voz ronca pero sedosa emerge un poco distorsionada de los parlantes y estira las palabras en un susurro largo, casi despectivo, que Sonia acompaña girando lánguidamente en torno al poste:

Ooooh… my diva
Oh my…
Mighty diva divine
You grow fast on me
Steadfast, like a jungle vine
Oh my…
One, two, three, and zap!, sixty nine

Sonia se detiene y comienza a frotar el poste con el pubis. Otis la mira desde atrás. El bikini no alcanzaba a sostener la totalidad de las combas. Otis no sabía si era a causa de las luces que giraban en torno a ella, pero la piel de Sonia tenía un tinte extrañamente verdeazul. Sonia baja hasta quedar en cuclillas, estira una pierna para mantener el equilibrio, se incorpora y se va quitando las prendas al ritmo pegadizo de la música. Yoconda, mientras tanto, le encima las tetas a Otis y le restriega la verga ya agarrotada desde la raíz hasta la punta de la cabeza.

Ooooh…. my diva
Oh my…
Mighty diva divine
Your legs up in the sky
When I'm off to Rome
You come back from Kajikistan
Oh my…
One, two three and zap! sixty nine

Otis mira a Sonia y trata de conjeturar linajes, deducir detalles que conecten a F. de Baroja con esa vedette exagerada pero sensual que se revolcaba sobre el escenario. De alguna manera él estaba haciendo su trabajo; el profesor Bojinovic no lo veía así… desde ya que Morris y Rona Statter, y menos que menos Mordaff o la profesora Gentrik lo verían así; pero él estaba haciendo su trabajo.

Cuando se quiso dar cuenta, Yoconda ya estaba de rodillas en el piso, descansaba las tetas sobre sus piernas y se la estaba chupando. El viejo detrás de la barra seguía atento el partido de fútbol, los japoneses también estaban allí, ocultos en la oscuridad, y Sonia giraba en torno al poste con la paciencia y resignación con que recorren sus órbitas los planetas. Yoconda repetía sobre él esa danza de la serpiente pero con la lengua mientras lo rebuscaba con los dedos largos. Otis se sentía agasajado por esos deslizamientos letales como si hubiera caído al interior de un serpentario. A pesar del esfuerzo que le exigía, a Sonia, aquel despliegue, ella mantenía, como una *prima ballerina*, una hermosa sonrisa plena y natural. Los pantallazos de las luces estroboscópicas la suspendían en un tiempo y en un color de fantasía y punteaban el ritmo con que

Otis se fue aproximando a la fluorescencia del éxtasis: sintió una huidiza pero fulminante atracción hacia Sonia, veneró en ella a todas las serpientes que tragan a sus presas; sapos, lagartos, pájaros, y descargó finalmente en la garganta de Yoconda el fermento de esa exaltación. Yoconda lo acompañó hasta el final, sacudiendo enajenada la cabeza, y continuó unos momentos después, exprimiéndolo pacientemente con los labios, atenta a las contracciones de sus espasmos tardíos, como si lo único que anhelara en la vida fuera el regalo de una última gota rezagada.

Ooooh…. my diva
Oh my…
Mighty diva divine
Like a jungle vine. Intertwined.
Your wings against the ceiling
Your legs up in the sky
That's a great feeling Oh my…
One, two three and zap! sixty nine

Cómo iría a convencer a nadie, Otis, de que estaba haciendo su trabajo. Mientras la canción terminaba en el mismo solo prolongado de bajo y batería con que había comenzado, Sonia recogió las dos prendas del bikini y desapareció. Yoconda se fue tras ella y le hizo un gesto a Otis para que esperara.

Transcurrió más de media hora hasta que Sonia reapareció. Otis se había quedado abismalmente dormido y cuando despertó, ella estaba parada frente a él, esperándolo, como si no hubiera querido molestarlo. Con los ojos todavía dormidos y los lentes empañados la veía nublada. Sonia vestía *jeans* y una campera inflada, de plumas de ganso. Antes de sentarse se lo quedó mirando un rato. No podía creer que *el arqueólogo norteamericano* fuera ese flaco anteojudo y mal alimentado:

–¿Pero vos sos el arqueólogo? ¿Cuántos años tenés, muñeco?

Otis se descubrió inesperadamente nervioso. Se quitó los lentes, lamió cada cristal por separado y los secó con la punta de la corbata. Algo en esa mujer, además de la sonrisa, lo maravillaba:

—Treinta y dos.

—¿Y ahora llegás? ¿No habíamos dicho a las diez?

Otis no sabía dónde poner los brazos y pretendía atenuar su ya vago acento mexicano. Para disimular la incomodidad, agarró uno de los tragos y, a pesar del trasgusto a gasolina, lo fue vaciando de a sorbos largos:

—¿No había dicho usted a las diez y media en 9 de julio y Corrientes? La estuve esperando.

La carcajada de Sonia comenzó con un tono irónico pero terminó con un dejo de piedad. Otis alcanzaba a vislumbrar, a pesar del maquillaje y la oscuridad, unas protuberancias que le cubrían el rostro. Finalmente se encontraba, después de tanta espera, con esa mujer. De repente, todo el patetismo que lo rodeaba le parecía anecdótico y lo único que adquiría realidad era el nombre del lugar. Recién ahora le parecía que se comenzaban a esbozar los contornos de un paraíso. En rosa intenso, *WAIKIKI* también se prendía y se apagaba en su imaginación.

Sonia lo miraba a Otis deseando descubrir en él algo más que un académico enclenque y retraído. Otis sentía que la mirada de Sonia lo traspasaba, lo pasaba por encima, lo atropellaba desde todos los ángulos, como un tren de carga infinito que avanza y retrocede, vagón tras vagón, en todas las direcciones. Nunca una mujer lo había observado de esa manera, si acaso alguna mujer le había prestado atención. Sonia, por su parte, aunque no lo hubiera admitido, había olvidado el placer de sentirse mirada por dos ojos rendidos como aquellos que transmitían una inagotable y oculta admiración.

Otro tema estalló en los parlantes y ya no pudieron oír lo que se decían. Sonia tuvo que ayudar a Otis a levantarse del sillón, y lo guió hacia la salida. Otis subió las escaleras asediado por las nalgas de Sonia que se meneaban adentro de los *jeans* como bestias fabulosas. En la calle, ya no estaba el cubano. Hacía todavía más frío que antes y caminaron por Rivadavia hacia Suipacha sin hablar. Sonia caminaba mirándose en el reflejo de los edificios y en las vidrieras, parando acá y allá cada vez que alguna superficie la favorecía. A Otis no le quedaba más que detenerse a esperarla, y para disimular una impaciencia que en realidad no sentía pero que no quería aparentar, silbaba la melodía de *Oh diva divine* que se le había metido en la cabeza. La música se escapaba de sus labios junto con volutas de vapor que le arrebataba el viento.

Sobre Carlos Pellegrini encontraron un lugar para comer, servía pizza y comida china. La luz de los tubos fluorescentes no dejaba un solo rincón sin iluminar y sin embargo, un chico dormía sobre una mesa; una mejilla aplastada contra la fórmica y los dos brazos colgando. Del baño se escapaba una mezcla penetrante de orín y lavandina que disimulaba la exótica combinación de salsa de soja y fugazzeta. Ahora sí, bajo esa luz, Otis alcanzaba a distinguir la sutil vesícula que decoraba la frente de Sonia, y atisbaba el interior viscoso de ese tumor abierto como si fuera un volcán glauco a punto de estallar. El tono verdeazul que le había visto en EL WAIKIKI, no era producto de las luces: era el color natural de Sonia. El mozo los miraba a uno y a otro y hubiera apostado a que Otis se había gastado el sueldo de una vida solo para tener la felicidad de estar sentado ahí, unos minutos, frente a esa mujer.

–¿Quiere comer pizza, Sonia?

–¿Estás loco?… ¿no sabés que la pizza condensa la linfa? –Sonia deja el menú sobre la mesa y clava la uña pintada de rubí en la foto plastificada– Voy a pedir éste, cuarenta y ocho, arroz frito con carne de cerdo y camarones. El secreto para mantenerse bien es comer comida china… ¿Vos viste alguna china gorda?

Otis iba a contestar pero Sonia siguió hablando.

–¿Sabés cuál es el secreto de los chinos para estar flacos? Que en realidad los chinos no vienen de los monos… vienen de los reptiles… y ¿qué comen los chinos? hormiga frita y picle de escorpiones. ¿Te parece una casualidad? Por eso toda esa onda de los dragones que lanzan fuego para Navidad ¿Estuviste en el barrio chino? Hacen una fiesta que te tiran la manteca por la ventana y se meten todos abajo del dragón y desfilan como recordando aquellos buenos tiempos en que eran lagartos y culebras. Nosotros, ves, no tenemos una fiesta para celebrar que fuimos monos… Los chinos son más sabios, ¿te das cuenta? Valoran a sus ancestros.

El mozo estaba esperando a unos pasos, más atento a los malestares de un cálculo que al contenido de la conversación. En todo caso, logró tomar el pedido sin hacer un solo gesto.

–Hablando de ancestros… y mirá que esto es algo que yo me la vengo presagiando desde hace mucho. ¿En qué anda la cosa?

–¿Qué cosa?

–Si hay guita en algún lado, mejor; pero lo que más me divierte es la idea de enchufárselo en la jeta a la Panteiro que se cree la hija de San Martín y es una negrita criolla hijadeputa. Lo digo con onda. No te lo voy a negar… a nadie le viene mal una fortuna; además, ¿tenés alguna duda que te vas a llevar algo?… yo no soy de las que se quieren quedar con todo como la que le robó el santo grial a Indiana Jones… Vos que sos arqueólogo sabés de qué estoy hablando… ¡A los Nazis se lo quería dar!

Otis podría escucharla hablar por horas pero no tenía idea de lo que estaba hablando. Estaba convencido que si revelaba el tamaño de su confusión, Sonia se daría cuenta de la distancia abismal que los separaba.

–¿Me estás escuchando?

–Sí, sí… la estoy escuchando.

–A ver, ¿qué dije?

–¿De los restos que encontramos?

–De la película, estoy hablando de la película, ¿vos que sos arqueólogo no la viste? Bueno, no importa. ¿En qué anda la cosa?

–¿Laaaa investigación?

–Me dijiste que habías descubierto un antepasado mío que era virrey.

–Virrey no le dije…

–Bueno, con la historia nunca se sabe. Mi abuela siempre dijo que los Baroja venimos de alcurnia y no sabés lo bien que nos vendría unos mangos. ¿Hay algún documento, hay guita en algún lado?

–Documentos, así como están ahora, no; pero la medalla, el arcabuz, y el resto de las cosas nos van a ayudar a darle una fecha aproximada. Si usted guardara algún registro, alguna reliquia de familia, una joya que hubiera pasado de generación en generación… A esta altura, cualquier cosa podría ayudar. ¿Usted tiene abuelos?

–¿Ayudar? Vos sos el experto y ahora resulta que yo te tengo que decir a vos de qué se trata?

El fugaz gesto de indignación que Otis descubrió en el rostro de Sonia lo desanimó al borde de la náusea. Sabía que Sonia no le iba a dar otra oportunidad. Si acaso la investigación estaba destinada al fracaso, que funcionara al menos como pretexto para no perderla. Por suerte, en ese momento, el mozo dejó los dos platos de arroz frito y los distrajo, por un rato, con el vapor y con la promesa inmediata de una comida.

Sonia manejaba los palitos como si de verdad tuviera un conocimiento íntimo de la cultura china. Con movimientos casi imperceptibles se iba llevando bocados desmesurados que después masticaba lentamente; paladeándolos con los ojos apretados como si alguien, debajo de la mesa, la estuviera paladeando a ella. Emitía unos quejidos inaudibles pero lúbricos y retorcía el gesto explorando con la lengua hilos de grasa ardiente que chorreaban por las comisuras. Todo movimiento, tomado en primer plano, tiene algo de pornográfico, pero después de haberla visto bailar en EL WAIKIKI, Otis se había sugestionado; nunca hubiera pensado en la mecánica de comer arroz con cerdo y camarones en términos de una coreografía erótica. Ahora encontraba

82

todas las muecas de Sonia desesperantemente voluptuosas y tuvo que reconocérselo a si mismo: se estaba enamorando.

De repente, Sonia hizo una pausa, apuntó a Otis con los palitos y tragó:

–¿Te puedo hacer una pregunta, vos que sos arqueólogo?

–Lo que quiera.

–Mirame bien.

–Sí.

–Mirame… mirame bien! ¿A vos te parece que yo tengo una cara antigua?

Otis se escondió detrás de sus propios palitos y entrecerró los ojos como si midiera alguna proporción:

–¿Cara antigua?

–Si, cara antigua ¿A vos te parece que yo tengo una cara antigua?

–No, para nada. Al contrario, vista con detención, la suya me parece una cara muy actual.

–Es lo que digo yo. Porque ahora dicen que andan buscando una cara "contemporánea"… andá a saber vos qué carajo quiere decir eso, pero yo puedo dar cualquier perfil… yo puedo hacer cualquier cosa; cinco años tengo de teatro con Marina Garibaldi! Hay mucha interferencia en el aire. Mucho soretaje. Vos para llegar a algo tenés que bloquear toda la mala onda. Tenés que seguir para adelante. Y ahora que voy a ver al Tono Gutiérrez más… En el ambiente la fe es muy importante, pero tampoco hay que yetearla gritando esta victoria es mía antes de tiempo –Sonia apoya la mano derecha en la teta izquierda–. ¿Me estás escuchando? Mejor no hablar de ciertas cosas… Viste como dicen, *todo lo que diga puede ser usado en su contra…* bueno yo digo lo mismo: mejor no digas nada…

Y más por todo lo que Sonia dejó sin decir, que por todo lo que dijo, Otis imaginó que ella trabajaba de actriz porno, aunque no se animó a preguntárselo. Sin darse cuenta había pasado de la lucidez de la vigilia a un estado de alucinación instintivo y comenzó a imaginarla como protagonista de las películas a las que él mismo se había vuelto adicto desde la época en que trabajaba de bibliotecario en Cuernavaca. La visualizó siendo montada por un caballo salvaje mientras comía arroz con palitos; y a pesar de que ella usaba los palitos con destreza, a cada empellón del alazán los granos de arroz volaban para todos lados. Otis veía la réplica de los cimbronazos sobre la superficie desnuda de Sonia y no pudo contener una ola de calor que lo ensartó desde los testículos y se extendió por el plexo solar hasta la garganta.

Otis clavó los palitos chinos en el arroz, se quitó la corbata y la guardó en un bolsillo del saco. Sonia le gritó:

—¡¿Estás loco?!

Otis creyó que Sonia tenía el poder de leer la mente. Estremecido, solo atinó a levantar las cejas por sobre el marco de los anteojos:

—… Yo?

—Vos. ¿Estás loco?

—¿Por?

—¿Cómo vas a dejar los palitos clavados así en el arroz? No hay peor insulto en toda la China. ¿Sabés lo que quiere decir? "Muerte al cocinero". Si hacés eso en China te tiran una olla de aceite hirviendo en la cabeza.

Rendido completamente a la fuerza de atracción de Sonia, Otis recogió los palitos y continuó comiendo. El chico que dormía sobre la mesa se había despertado con el grito de Sonia y se los quedó mirando como si fueran personajes de un sueño.

Pasaron largos minutos hasta que Sonia volvió a hablar:

—¿Entonces?… no te parece una cara antigua.

—No, para nada, al contrario; como le digo, usted tiene una cara muy actual… contemporánea.

—Me dejás más tranquila, debe ser por lo del tratamiento que me rompen los de las productoras… porque la luz de la cámara te da de arriba para abajo. ¿Vos allá en los Estados Unidos no conocés a nadie en televisión?

–¿De televisión?

–Pero escuchame, vos sos arqueólogo, no me digas que no conoces a nadie.

–La esposa de un profesor de historia…

–¿En dónde trabaja?

–La amiga, la amiga de la esposa creo que trabaja en el canal 22… trabaja para un noticiero.

–Y bueno!

–Pero en pagos, trabaja, creo. Si usted quiere yo puedo preguntarle.

–Todavía vamos a hacer algo juntos vos y yo, ya vas a ver… A mí me encantaría hacer noticias.

–¿Qué más quisiera yo, Sonia?

El mozo dejó la cuenta. Otis vio que Sonia ya estaba lista para irse.

–¿Usted tiene abuelos?

–Belalia, pobrecita. Está un poco ida… se le vino el alemán… peor que los nazis –Sonia bosteza y mira el reloj que está colgado en la pared– Cada vez que se muda de un asilo, se lleva una caja de zapatos que nunca nos quiere mostrar. La tiene impecable. Seguro que ahí guarda los documentos de ese Baroja que andás buscando… ¿Ese reloj está en hora? ¿Qué hora es?

–Tres y media.

Sonia se levantó, se volvió a poner la campera y se fue. Otis se dejó llevar como si lo arrastrara una corriente marina. Sospechaba que esa fuerza iba a tragarlo y sólo podía devolverlo, muerto, sobre la orilla de una costa desconocida. Cuando fue a dejar el dinero sobre la mesa vio que Sonia había dejado clavados los palitos en el arroz. Se sintió tan confundido que ni siquiera lo vivió como una ofensa; por un momento creyó ser, más que un turista, el visitante de una dimensión inferior. Dejó el dinero y alcanzó a Sonia que ya

85

había caminado hasta la esquina. El viento le sacudía el pelo y las ropas como si estuviera en la cumbre de una montaña.

–Sonia, espere ¿Nos vamos a volver a ver?

–Hoy ya es tarde.

–¿Mañana?

–Hoy es mañana.

–¿Y el lunes? ¿Podemos ir a ver a su abuela?

Sonia se levantó la solapa de plumas y le dio la espalda a las ráfagas heladas que venían del sur. Otis sabía que el frío no iba a permitirle una despedida prolongada y a la vez se dio cuenta que ya no encontraba nada para decirle. ¿Qué más podría decir? Sentía que naufragaba y esa mirada insistente con que le decía a Sonia que esperaba una respuesta era como una bengala disparada desde los océanos más oscuros de su alma. Pero ella lo miró, pestañó con indiferencia, volvió a regalarle un atisbo de aquella sonrisa de *prima ballerina* y se fue.

Una vez más, Otis se quedó solo en la 9 de Julio. Pero ahora la avenida estaba casi vacía: un camioncito distribuía diarios, y alguien cruzaba corriendo, esquivando un auto que pasaba a velocidad. A pesar de todo, Sonia le había sonreído y esa sonrisa lo traspasaba como una corriente de devoción. La adrenalina le punzaba el pecho y sintió que se le aceleraban los latidos. ¿Era posible que hacía unas pocas horas no sabía ni quién era Sonia y ahora no podía dejar de pensar en ella? Sonia había dicho "cuando me veas me vas a reconocer" y recién entonces comprendió, Otis, el verdadero alcance de esa frase; porque creyó reconocer en ella a una de entre las quinientas mujeres que le estaban destinadas. Si haberla encontrado ya era una coincidencia fabulosa, tanto más que ella fuera una descendiente de *F. de Baroja*. Buenos Aires era, en efecto, una ciudad mágica. Pero Sonia ni siquiera se había fijado en él. ¿Cómo era posible que llevando ese encuentro la fuerza inexorable del destino, no prometiera también el obsequio del amor correspondido? Si acaso aquel encuentro era el comienzo de una historia, lo era de una historia que sólo podía tener un final desdichado. Otis había logrado escapar a su papel de turista y ser un protagonista de Buenos Aires, pero se había transformado, sin quererlo, en el único héroe trágico de esa noche porteña.

El camioncito había desaparecido pero había dejado una pila de diarios junto al puesto. Otis se acercó. El diariero recién estaba abriendo el kiosco. Sonia tenía razón; hoy era mañana, y aquellos diarios traían noticias por adelantado. Toda la ciudad dormía y justo a él, al extranjero, le era dado saber antes que a todos, lo que les deparaba el futuro. Los diarios todavía estaban atados y tuvo que esperar a que le liberaran uno del paquete. Pagó y aprovechó la luz del kiosco para mirar la tapa. La foto principal, que ocupaba media página, mostraba dos hombres dándose la mano en un gesto de alianza; eran políticos o empresarios y a pesar de que ostentaban, seguramente, los rostros más reconocibles del país, Otis no sabía quiénes eran ni había oído mencionar sus nombres. Sus gestos delataban, sin embargo, la absoluta convicción de ser universalmente imprescindibles. Abajo, tres jugadores de fútbol festejaban un gol y tampoco podía identificar el equipo a que pertenecían. A la derecha leyó un título que no entendió: "Se exhibe el trico-tilo-bezoar de Juana la loca en el Palacio Errázuriz". En un rincón de la página, Otis descubrió otra vez la imagen del meteorito. Ahora se lo veía con una nitidez que hacía creer que ya había llegado. La superficie rocosa, de un color plomizo estaba marcada por algunos cráteres dispersos que, a pesar de la sombra, revelaban terrenos plagados de piedras negras. Otis comenzó a leer: *Tucson. A.P. El programa Spacewatch de la Universidad de Arizona ha logrado calcular finalmente el diámetro del SK38 en 14 kilómetros con un peso de 4 mil millones de toneladas métricas. Se ha podido computar también su avance a una velocidad de 70.000 kilómetros por hora, la trayectoria y el punto exacto del impacto...* Allí terminaba el texto y abajo, en letra más chica, se indicaba: *Continúa en la sección B, página 24.* Otis decidió no abrir el diario y pensó leerlo después, tranquilo, en algún bar o en la cama del hotel. Acomodó el diario bajo el brazo, aspiró profundamente el aire congelado de la madrugada y se fue caminando por Rivadavia en la misma dirección que había tomado más temprano: hacia Pompeya.

CAPÍTULO
6

Villa Juncal y Adolfo P. Carranza

A pesar del apagón que mantenía oscuro a todo el barrio, Otis logró encontrar la dirección. La penumbra general hacía parecer más intensos los remolinos que soplaban del suroeste. Algunas ventanas, iluminadas por velas, vacilaban en la oscuridad. Por alguna razón, el de Sonia era el único edificio con luz en toda la manzana. Otis estacionó sobre Pueyrredón y la vio en el hall, estudiándose en el espejo. Esa mujer, tras el marco de bronce lustrado, lo estaba esperando a él. Recién ahora adquiría sentido el viaje. Si hubiera sido necesario, lo hubiera hecho a pie. Apagó el motor. El Ford Taunus que le habían prestado en General Alvarado ya vivía sus últimos días y varias veces lo había dejado con la palanca de cambio en la mano.

¿Que significado tendría eso? ¿que tenía el destino en sus manos o que su capacidad para hacer cambios se había salido de quicio? Tal vez ambas cosas a la vez. En todo caso cualquier problema era más fácil de resolver que manejar en el tráfico enloquecido de Buenos Aires con esa cafetera que había pasado los quinientos mil kilómetros. Sonia descubrió a Otis mirándola desde el auto y Otis tocó un bocinazo rápido como para disimular que la había estado observando.

Sonia salió del edificio.

De los pocos pasos que dio desde la puerta de entrada hasta el auto, Otis absorbió cada movimiento como una esponja que se hubiera chupado el mar en cámara lenta. Sonia entró y con ella ingresó una mezcla de extractos florales y bergamota que asfixió y sedujo a Otis al mismo tiempo. Aunque lo herían esos aromas, lo cautivaba pensar que Sonia se hubiera puesto perfume para él, y no sabía si la sofocación era producto de la repugnancia o de la atracción. Hubiera querido agradecerle haber pensado en él pero en cambio mantenía las manos en el volante. Trataba de encontrar alguna frase que le permitiera romper el silencio. Sonia también lo miraba pero sobre todo para estudiar a fondo esa cándida mirada de devoción.

Sonia se había aplicado una capa gruesa de base que no alcanzaba a cubrir el tinte verdeazul que irradiaba su piel. Otis había creído que era la piel de Sonia la que brillaba con ese tono glauco; pero estudiándola en la semioscuridad del auto, bajo la luz acuática que proyectaba el tablero, se convenció de que no era la piel, sino su sangre la que se había vuelto verdeazul; y hasta imaginaba los glóbulos avanzando vertiginosamente por las venas y resplandeciendo, a cada nuevo golpe del corazón, como desquiciadas medusas fosforescentes. Allí estaba Sonia y secretamente festejaba Otis lo que fuera que había hecho en su vida para llegar hasta ese momento; todas las decisiones, hasta las más inoportunas, todas las coincidencias, hasta las más nefastas se habían transformado, de repente, en hitos necesarios, los únicos caminos posibles hacia el interior de ese auto destrozado que ahora compartía con Sonia… Sonia Baroja. De repente, los vahos tóxicos del perfume se transformaron en los aires balsámicos de un paraíso personal.

Sonia lo despertó del sueño:

–¿Me estuviste mirando mucho tiempo?

Otis entendió la pregunta pero intentó esquivarla:

–Acabo de llegar.

–Mirando… ¿me estuviste mirando mucho tiempo?

Sonia le clavó los ojos como si esperara que nunca encontrara una respuesta; regodeándose en el titubeo de Otis, en el tembleque de los labios que era la más sincera de las réplicas. Otis se acomodó los anteojos para darse un segundo y se obligó a decir lo primero que le vino a la cabeza:

—Me gusta su perfume, Sonia.

—A la mujeres tímidas y calladas nos va muy bien las fragancias orientales.

Otis hubiera preferido olvidar su experiencia oriental en la pizzería de Carlos Pellegrini. Clavando los palitos en el arroz, Sonia lo había amenazado de muerte a él, no al cocinero, y le seguiría clavando los palitos hasta el final. En realidad, hubiera preferido que hasta Sonia se olvidara. Para disimular sus nervios festejó el comentario con una risa que pareció espontánea. Sonia también se rio, le causó gracia haber recordado, textualmente, esa frase que había leído en una caja de esencias aromáticas. Ninguno entendió las risas del otro pero en seguida se las fueron contagiando mutuamente. La risa de Otis era una risa llena de encías y de dientes mal cuidados; la de Sonia, en cambio, se abría al momento, revelando un paladar que recordaba las altas bóvedas de una catedral gótica. Se reían por motivos diferentes y sin embargo sintieron compartir un instante de complicidad.

Después se quedaron en silencio y con tal de no tener que sostenerle la mirada a Sonia, Otis puso el auto en marcha. El motor estuvo a punto de arrancar tres veces hasta que finalmente, después de un largo traqueteo, las sacudidas metálicas se transformaron en explosiones desganadas y arrancó, aunque el humo del escape había invadido la cabina y tuvieron que abrir las ventanillas para respirar.

Sonia miró hacia la calle y descubrió que toda la manzana estaba a oscuras.

Con delicadeza Otis pasó de marcha atrás a primera y rozó la cadera de Sonia. Era la primera vez que le tocaba el cuerpo y pudo presentir, a través de la tela, la elasticidad de su piel; pudo deducir, con una sola caricia, todas las combas de su cuerpo. Sintió un cosquilleo en los testículos como si a los espermatozoides los hubiera ganado un espíritu revolucionario. Tengo poco margen de movimiento pero si me mantengo adentro de las fronteras que me impone esta mujer, si no hago movimientos imprevistos, si no digo estupideces, si no respiro ni suspiro, puede ser que tenga una oportunidad. Sería una exageración, un flechazo en la neblina, pero si sale... haaa, si sale, va a ser mi entrada al paraíso, si sale me hago argentino. Por el gesto impaciente de Sonia, Otis se dio cuenta que ella ni siquiera había sentido el roce de la mano. Quizá, sin quererlo, él ya había dado un paso en falso y ya había atravesado alguna de las fronteras que se había impuesto. Se apuró a decir algo, creyendo que era la única forma de contrabandearse a sí mismo de regreso:

–¿Y dónde queda el geriátrico?

Otis logró cruzar indemne el caos del tráfico, pero justo unas cuadras antes, en la esquina de Espiro y Jonte, se le volvió a salir la palanca de cambio y no pudo más que arrimar el auto a la vereda.

Llegaron caminando y con frío.

La residencia no ocupaba toda la casona como Otis había imaginado sino solamente el primer piso. Subieron por una escalera angosta que rodeaba al ascensor y Otis revivió, escalón por escalón, el momento en que había subido las escaleras de EL WAIKIKI bajo las grupas de Sonia. Las ventanas de la residencia daban a la calle pero como estaba en la esquina de una cortada, casi no pasaban autos. Una enfermera y cuatro ancianos miraban la televisión alrededor de una estufa eléctrica. Todos, menos la abuela de Sonia, se tomaron un instante para saludarlos y volvieron rápidamente a zambullirse en las imágenes como si estuvieran mirando el inicio o el final de una guerra. Invadía el lugar un olor a humedad, a gangrena, a maderas vencidas, a frazadas apiladas, a dientes de ajo mal digeridos y exudados lentamente por la piel, a recortes de diarios que se resquebrajan en cajas carcomidas por el moho. La abuela de Sonia, acomodada en un sillón, tenía de un lado a la enfermera y del otro a un viejito lampiño de mirada diabólica y a dos mujeres consumidas hasta los huesos que podrían haber sido gemelas; una con los pelos quemados por tinturas cobrizas y la otra por tinturas plateadas: juntas parecían un cable pelado. No solo la abuela de Sonia, que ya estaba arruinada por el Alzheimer, sino todos, incluso la enfermera, miraban absortos, como insectos hipnotizados, la pantalla del televisor. Protegido por una escafandra cónica y un traje de tela refractaria, alguien se lanza de cabeza en el espacio. Por la velocidad y las llamas que lo envuelven se adivina que está atravesando las capas de la atmósfera. El ruido crepitante de la fricción y el chisporroteo del fuego distorsiona los parlantes más allá de la saturación. La luz que emite el televisor se proyecta atomizada hacia un aire lleno de partículas de polvo.

Sonia y Otis también quedan maravillados.

La pantalla se divide en dos. A la izquierda, el acróbata sigue avanzando, transformado en una llama vertiginosa. A la derecha, una formación de tres, también envueltos en fuego, caen a velocidad hacia la comba celeste de la tierra. Todavía no se distinguen los continentes, pero a través de las nubes, se atisban algunos contornos geográficos y la masa inalterable del océano. En un rincón aparece el nombre del programa: EXXXTREME RISK. SPACEDIVING. SPECIAL EDITION.

El bloque termina con una serie de animaciones espaciales y comienza una publicidad de papel higiénico que transcurre en una pista de atletismo. Un negro musculoso y elástico atraviesa la pista con el rollo en la mano…

El viejo lampiño, enchufado a un pequeño tanque de oxígeno, se inclina hacia Otis y Sonia:

—Así vamos a correr cuando caiga el sorete de punta.

La gemela de las crenchas cobrizas le apoya una mano en la pierna:

—Hoy dijeron Escocia. Igual… a vos, correr… se te va a complicar un poco.

—No le hagan caso a la viejita, en la última operación de cerebro se equivocaron y se lo dejaron adentro. Juicio de mala praxis de acá a la China.

La de crenchas cobrizas revolea los ojos como una adolescente. La enfermera acomoda dos sillas playeras:

—Yo escuché Islandia.

Sonia se sienta junto a la abuela:

—Tuvimos que venir caminando. Al señor se le quedó el auto en Alvarez Jonte —Sonia se inclina— ¿Belalia?…

—¡¿Belalia?!

La abuela la mira pero está más ocupada en seguir la trayectoria de un mosquito invisible en el aire.

—¡No me reconoce!

—Y cómo la va a reconocer si no viene nunca. —La enfermera reacomoda la frazada —Está cansada. Los remedios la dejan medio sonámbula. La semana pasada la agarré cruzando Bufano, en la mitad de la noche… Si se vuelve a fracturar, ahí sí que ya no sale. Belalia, mire, la vinieron a visitar!

El viejo lampiño acota:

—¿Y podés creer que a mí la Sipamida me está dando osteoporosis?

La gemela de las crenchas plateadas trata de resolver un catarro tosiendo pero no lo logra.

—Abuela… ¿Te acordás que siempre decías que los Baroja venimos de alcurnia?

Belalia hace un gesto que vagamente se aproxima a una sonrisa.

—¿Y quién te daba siempre la razón? Yo. Yo siempre te daba la razón. ¿Viste?… acaban de encontrar un Baroja de la época de los virreyes! Hasta vino un científico de Estados Unidos —Sonia le insiste con gestos a Otis para que hable— ¿Te imaginás, abuela? ¡Científicos de Estados Unidos! —Lo amenaza a Otis con la mirada— Y este no se va hasta que aparezca el tesoro!

Otis le estira una mano a la abuela:

—Otis Morgovitz, mucho gusto. Bueno, estamos investigando. En realidad, estoy de paso… No sabemos cuánto tiempo va a llevar esto… Pero estamos en…

Belalia lo mira pero lo deja con la mano colgando; persigue otro mosquito imaginario, se lo aplasta contra el brazo y hace un gesto de indignación. En seguida se olvida y apunta a Otis con un dedo tembloroso:

—Yo sé lo que te digo… tenés que cambiar las crucetas y el cardán.

El viejo lampiño aprovecha la oportunidad y agarra la mano extendida de Otis:

—Augusto Cinardi, podés decirme Tito.

—Mucho gusto.

—Todos estamos de paso, querido… Sin ir más lejos, mi yerno está juntando una guita para comprarme un lotecito en Ezpeleta. A mí con metro y medio me alcanza. Además el 257 me deja en la puerta.

La de las crenchas cobrizas se desquita:

—Sin ir más lejos, más lejos no te puede dejar… si es la última parada. Mirá vos la ironía de la vida: un cementerio en la última parada.

Otis recupera la mano y la apoya sobre el sillón de la abuela:

—¿Usted guarda, Belalia, alguna reliquia, algún recuerdo de familia?

La enfermera le da a la abuela un par de palmaditas como para hacerla reaccionar pero solo logra levantar una nube de polvo. Por la cortada pasa un auto; las luces recorren fugazmente el techo y desaparecen. Otis se queda mirando a Belalia. Se le ocurre que quizá, a pesar de los mosquitos invisibles, era más lúcida de lo que aparentaba. ¿Sabía de mecánica? ¿Estaba delirando o le había acertado en el diagnóstico? Anotó mentalmente: crucetas y cardán. Se le ocurre que quizá, también Bojinovic era más lúcido de lo que dejaba ver. Quizá todo; el descubrimiento de los huesos, el viaje a la Argentina, el Ford Taunus, hasta la historia del meteorito, no eran más que las piezas de una conspiración en su contra… ¿En su contra o a su favor? Creyó que Belalia y Bojinovic, así de aturdidos como estaban, se comunicaban por medios y con lenguajes que le resultaban inaccesibles. Imaginó una red global de ancianos demenciales vinculados secretamente por el mero placer de adulterar la realidad. Otis estudia las retinas esclerosadas de la abuela con la esperanza de encontrar alguna pista, pero en la superficie opaca solo se reflejan los destellos del televisor.

Sonia recuerda la caja de zapatos y se levanta. Atraviesa el pasillo y explora en detalle el cuarto de la abuela. Desde ahí podía escuchar el ruido del televisor y a Tito y las gemelas discutiendo en la sala. En las cajoneras encuentra ropa amontonada, un monedero lleno de billetes viejos, un elefante de porcelana roto, una pila sulfatada, partes de relojes, un paquete de galletitas, bolas de naftalina, un suvenir de Jujuy, fósforos, dos libros de oraciones, un salero vacío, una peluca, botones, y hasta medias y cinturones de hombre. Mira atrás de la puerta, mira en el baño, mira arriba de un ropero. A punto de darse por vencida investiga abajo de la cama y descubre una rueda de bicicleta y dos botellas de Merlot. Por un momento, le pareció que ella misma había sido artífice de un descubrimiento arqueológico.

Sonia volvió con una botella en cada mano:

–¿Se nos iba a escapar con el vino, abuela? Andá a saber desde cuándo los tenés… ¿Merlot del 57?

–¡Pero hay que festejarlo!

–Lléveselas si quiere, Sonia –Agrega la enfermera– igual acá no pueden tomar.

–Servile al abuelo que el antioxidante te cepilla las arterias! Hace mucho que no tomo.

–Usted no toma porque no puede… recuerde el temita del oxígeno!

–Y bueno, hay que oxigenar el vino!

La de crenchas cobrizas interrumpe:

–Él no puede, pero servime a mí que me lo recomendó el doctor de la presión!

Belalia se suma a la conversación:

—Que pruebe, que pruebe...

Sonia abre las botellas, sirve en vasos floreados y lo comparte con Otis y la de crenchas cobrizas. Los tres reconocen inmediatamente el aroma agradecido y generoso, como si el propio Genio de la Lámpara hubiera sido liberado.

—Salud!

Sonia aspira el buqué ahumado, toma un sorbito, lo paladea, se baja el vaso como si hubiera satisfecho una sed inmemorial y se vuelve a servir. Otis y la otra mujer lo van degustando.

En la pantalla del televisor se ve, a vuelo de pájaro, el diseño de un Ford último modelo. El auto es el único objeto en una extensa llanura que termina en la fenomenal caída de una catarata. Los golpes de un arreglo instrumental acentúan el suspenso. Una mujer reclinada exageradamente en el interior suspira mientras observa, a través del parabrisas, el vapor crepuscular que sube de las cataratas. Sentada frente al volante, tiene las piernas ligeramente abiertas y el tajo del vestido se abre hasta la ingle. Parece haber tolerado, durante la noche previa, ser el centro de atención de una fiesta y disfruta volver a tenderse en la intimidad de su auto. La cámara se pasea por su cuerpo, minuciosamente, mientras recorre la piel del tapizado y revela, en los muslos trabajados, en los contornos geométricos de su torso las mismas superficies bruñidas, las mismas líneas estilizadas del Ford. Con el pie descalzo acaricia el acelerador, y mientras roza con los dedos largos de una mano, la curva interna del volante, enciende con la otra el motor. Agarra la palanca de cambios como si fuera el corazón del auto y ella tuviera la intención de arrancárselo. El auto ruge y ella lo provoca pisando el acelerador. Se crispan los músculos de su mano sobre la palanca, aprieta el embriague, hace todos los cambios de primera a quinta en un montaje rápido. Arranca, acelera y toma velocidad.

—¿Esto sale en vivo?

—No, tarada, está grabado... ¿no ves?

En primer plano, sólo se ven los dedos de la mujer paseándose por la cabeza de la palanca, enardeciendo el bufido del motor. El auto adquiere una velocidad de competencia. Las bujías se abren y se cierran y se ven los chorros pulsantes de gasolina que bombean hacia el motor. De nuevo, desde el cielo, se ve el auto recorriendo a toda velocidad la distancia que lo separa de la caída de las cataratas. En el espejo retrovisor se refleja la boca entreabierta de la mujer, que se va en un suave gemido desgarrado.

La de crenchas cobrizas estira el vaso:

—¿Se puede cambiar?

El viejo lampiño no puede creer que lo desconcentren justo en ese momento:

—¡Silencio! ¡Estamos mirando, no ves?!

La mano introduce la palanca en sexta y con tal vehemencia que se clava a si misma las uñas rojas. El ritmo de la música alcanza una exaltación que solo puede resolverse en el silencio. En medio de ese vacío absoluto el auto se lanza hacia el fondo espumoso de las cataratas. Ahí se congela la imagen: el auto suspendido sobre el vapor y una voz de hombre, porosa, que recita: *Liberá el Ford que palpita en tu interior. Ford Summum: El éxtasis.*

La de las crenchas cobrizas suspira:

—¿Ahora? ¿podemos cambiar? El viejo lampiño sigue atento:

—¿Sabes lo que pagan las compañías para estar en la tele? Y vos querés cambiar. Si ves el programa tenés que ver las propagandas… cambiar es ilegal… y acá está el científico yanki que no me deja mentir. Decile! ustedes que son los reyes del capitalismo.

Otis está mirando a Sonia disfrutar el vino y no lo escucha.

—¿Cómo va a ser ilegal cambiar de canal? Estaría todo el mundo preso.

—Es una cuestión moral. Vos con tu televisor hacé lo que quieras.

—¡Este es el único televisor que hay!

—Y bueno, con más razón…

—¿Con más razón qué?

—Si te meten en cana yo no te visito.

—Sí, me van a llevar presa por cambiar de canal. ¿Mirá si me fusilan todavía? Vos que estás en el ambiente, Sonia... Decí algo!

Sonia se está sirviendo el tercer vaso de vino. Disfruta el sabor aterciopelado y siente como si se hubiera proyectado a un espejismo en el desierto, pero su pronunciación relajada ya revela los efectos del alcohol:

—A veces siento que toda la vida me estuve preparando para este programa. Y hoy les quiero agradecer... a todos, a vos y a vos y a cada uno de todos ustedes... y a vos. No digan nada, por las dudas, pero la semana que viene tengo que pasar por Canal 9. No lo quiero yetear pero... pero... están por salir cosas... —Sonia se toca la teta derecha— Mejor no hablar por ahora pero estoy pasando por un gran momento. No! Me equivoqué de teta —Se ríe sola y cambia la mano de lado— Mal signo... Pero qué gran momento! Ojo! Ojo!... Todavía estamos en conversaciones, así que mejor... ustedes saben, hay que respetar los tiempos de producción...

El viejo lampiño se reacomoda el tubo del tanque:

—No te toqués así, mamita, que me hago vuelta y vuelta.

La enfermera sacude una mano y amenaza al viejo con todos los dedos:

—¡La nieta de Belalia!

Apenas escucha su nombre, Belalia vuelve a hablar:

—Que pruebe... que pruebe...

La de crenchas cobrizas se ríe:

—Se manda la parte. Viejo de mierda. Ya no se la para ni un encantador de serpientes.

En la televisión aparece Albert Einstein parado bajo una ducha. No es una visión particularmente glamurosa pero sí llamativamente realista. Se lo ve hasta la cintura, el pecho flácido, cubierto de canas mojadas, salpicado de lunares y algún que otro tumor. Al ver esa imagen de Einstein desnudo, los viejos se callan. La inconfundible cabellera blanca se unta dócil bajo el agua de la ducha. De repente, Einstein agarra un tubo de champú, se sirve y comienza a refregarse la cabeza. La cantidad de espuma que produce es sorprendente. A medida que va saliendo más y más espuma de la cabellera de Einstein, se vuelve a ver el tubo de champú que había quedado fuera de foco: sobre un fondo cósmico se lee el nombre "SMART". Un locutor con acento alemán dice: "Champú SMART... te hace más inteligente!". Einstein aparece corriendo por un prado lleno de girasoles, envuelto en una atmósfera lechosa, saltando en cámara lenta gira la cabeza para uno y otro lado. La cabellera blanca ondea y se despliega como infinitas capas de seda.

—Ese te vendría bien a vos, Tito.

Tito acepta la burla y todos se ríen. Las carcajadas de Sonia suben hacia los techos. Toma aire y se recompone:

—Pero ojo que hay que tener cuidado... la inteligencia trae cáncer. Te lo digo a vos, sobre todo, Mongo, que sos medio científico. ¿Los arqueólogos también son científicos, o no?

Otis pensó, en mi vida me llamaron Mongo, pero disimuló la puntada de orgullo. Aunque estuviera un poco borracha, Sonia le había puesto un sobrenombre:

—No, no sabía.

—Lo sabe medio mundo... a la gente inteligente le segrega una linfa maligna. Si la dejas te termina dando un tumor que te morís pero mal. A mi sin ir más lejos un doctor me tuvo que sacar la pititaria... la pi. tui... taria... y estaba tan activa que se seguía moviendo sola, la sabandija... y menos mal que me la sacó que si no me podía dar como un *SURMENASH* en el cerebro que me mataba en tres días... así me dijo. Si no fijate lo que le pasó a Einstein que también era medio hijo de puta, que él miraba en las paredes y veía números... ¿a vos no te pasa?... es peligroso... el veía los números como colores que le explotaban en la cabeza... me duele a mi acá de solo pensarlo... acá, acá, tocá, en la punta... es más, yo creo que a Einstein no lo mataron, le explotó la cabeza de tan inteligente que era y para esconder eso se inventaron el tema de la bomba atómica...

Tito se incorporó contrariado:

—A Einstein no lo mataron, al que mataron fue a Castro.

La de las crenchas cobrizas vuelve a corregir:

—A Castro lo iban a matar pero le dijeron si quería decir sus últimas palabras. Se mandó un discurso tan largo que les ganó por cansancio. Después sí, lo fusilaron…

—¿Cómo le van a interrumpir las últimas palabras a un condenado a muerte? Las últimas palabras son del condenado… Hay que esperar a que termine.

—Pero, ¿quién se va a poner a reglamentar eso?…. No hay reglas sobre la extensión de las últimas palabras… te lo digo yo que mi yerno trabaja en el congreso.

—¿El del lotecito en Ezpeleta?

—Con esa lógica si a un fumador le ofrecen un último cigarrillo… prende uno con otro y se pasa el resto de la vida fumando.

—Justamente, se ofrece una pitada; con la palabra es lo mismo, no se ofrece todo un discurso… la frase misma te lo dice: "las últimas palabras"… no "la última charla", "el último sermón de la montaña"… sería la historia de nunca acabar!

—Todos los criminales estarían vivos… ¿no viste que son medio charlatanes?

—¿Sabes la tensión que debe ser para un criminal… el estrés que deben tener?

La abuela levanta un dedo como si fuera a resolver el debate pero sigue a un mosquito imaginario. Todos se callan. Fuerza la vista para detallar el recorrido hasta que lo termina matando sobre su brazo. Levanta la palma y se investiga los dedos como si buscara restos de sangre. Por primera vez mira a todos con un dejo inesperado de lucidez:

—Mosquitos de mierda…. viven un solo día, pero viven para cagarte la vida.

Todos festejan la observación pero Sonia supera a todos. Su risa emerge por sobre la alegría general como un grito desconsolado. Primero ríe, después llora y después vuelve a reír. No puede parar y hasta la abuela la mira asustada. La idea de un ser viviente que solo tiene veinticuatro horas para vivir y dedica cada segundo a cagarle la vida a los demás le causó gracia y estupor a la vez. Nunca se había reído tanto. La risa la superaba a tal punto que tenía que parar para recuperar el aire y tanto se rió y lloró y tanto abrió la boca que se le terminaron trabando las mandíbulas.

Rápidamente la gracia cedió al horror.

Sonia abrió los brazos. Había encontrado el límite de la carcajada; era el ángulo exacto donde la mandíbula se extiende más allá de la articulación. Se tiró al piso pataleando, con los dedos agarrotados y todos se abalanzaron sobre ella. La enfermera, Otis, el viejo y las dos mellizas se asoman a la boca de Sonia como un grupo de exploradores que descubren un muerto al fondo de un aljibe. Sonia llora del espanto. La abuela sigue sentada y mira a esa extraña coreografía con picardía:

—Que pruebe, que pruebe…

La arcada de los dientes de Sonia permanece inmóvil, la lengua se contorsiona intentando expresar el dolor. Cada vez que intenta cerrar la boca una punzada se irradia hacia la cabeza y ella se retuerce en el suelo.

La enfermera se arrodilla y le agarra los brazos:

—¿Sonia? Hable, diga algo!

—Haba Bal Haahn Dlhaahhaaa…

—No puede.

La enfermera le agarra la cara y la estudia. Cuando le toca la mandíbula se da cuenta que no la puede cerrar. Los sonidos confusos que salían de esa boca abierta de par en par se definieron finalmente como un grito de espanto.

Otis se incorpora de un salto:

–Hay que llevarla…

El viejo se abotona los tirantes:

–Acá nomás está el Israelita… sino a unas cuadras, el de Agudos. La enfermera agarra un manojo de llaves:

–No, hay que llevarla a la guardia, en Odontología. Queda por el centro pero ellos van a saber qué hacer…

Dejaron a la abuela y a la de crenchas plateadas y bajaron los cinco por el ascensor. Caminaron hasta Bufano, que era mano, para enganchar un taxi. A las dos de la mañana no pasaban muchos pero se quedaron, Sonia, la enfermera, Otis, el viejo y la de crenchas cobrizas, apretados por el frío y esperando.

Tres taxis siguieron de largo. Después de diez minutos paró un Peugeot 505. El taxista tenía una mirada baldía, un poco de pelo en los costados y unos bigotes largos teñidos por la nicotina. Se detuvo, aunque no parecía ni verlos ni oírlos. En realidad, pareció ni darse cuenta de la cantidad de gente que le había entrado al auto, ni de la urgencia que traían, ni de los ojos exorbitados o el grito ahogado que se escapaba por la boca de Sonia. Los años arriba del auto, la radio de fondo casi inaudible y el humo de los cigarrillos parecían haberle encallecido las paredes del cerebro. El tango se escuchaba tan bajito que el arreglo musical se confundía con el crujir de las interferencias. Una ceniza larga le asomaba por entre los bigotes. En la placa colgada del asiento trasero había un retrato de él, todavía con pelo: Raul E. Cimarra.

Sonia se sienta atrás, entre la enfermera y la gemela. Otis comparte el asiento de adelante con Tito:

–A la facultad de odontología, urgente!! Siga hasta Juan B. Justo y después baja por Corrientes así agarramos la verde.

–Te vas por cualquier lado –La gemela se incorpora– Mejor agarre Warnes, Díaz Vélez… Hágame caso.

La enfermera corrige:

–Warnes se hace contramano, tiene que ir por San Martín…

El taxista no dijo ni sí ni no; hizo andar el reloj y avanzó a una velocidad a veces indefinible y a veces impredecible. No agarró ni Corrientes, ni Warnes, ni San Martín; se fue por Scalabrini Ortiz y derecho por Santa Fe. Va lento en las avenidas, acelera para doblar y solo se apura para darse contra los baches. Haaaahgjhh. Va a hacer mierda el auto. ¿Está andando despacio para joder, el auto no da para más, o todavía no se dio cuenta que estamos adentro? Si cierro los ojos se va un poco el dolor y hasta soporto mejor la baqueteada. Pero me mareo. Mejor que no me agarre náusea porque le vomito adentro. Primero el chancro y ahora esto. ¿Cómo va a ser un buen signo? ¿Se me estará deformando la cara? Pafundi y la puta que te parió. Karma de gusano aplastado. Solo pido que sea un buen signo porque si es un mal signo estamos para la mierda. No, no... no para la mierda, no! Somos todos parte de una misma energía... Solo te pido, diosito, que sea un buen signo... conchatuhermana, la semana que viene me encuentro con Tono Gutiérrez. ¿Es mucho pedir? Sonia cierra bien fuerte los ojos. Chabrancan... chabrancan... chabrancan...

Cada tanto el viejo lampiño grita:

—Manejá mejor, cabezón, que la chica está en estado crítico, ¿no ves?

Bien o mal el taxista manejó. Llegando a la facultad de odontología, en la esquina de Paraguay y Larrea, otra vez aceleró y en seguida clavó los frenos sobre el semáforo en rojo. No fue como si el auto hubiera frenado de golpe; fue como si la noche misma hubiera frenado sobre nosotros. Los segundos que duró esa luz le concedieron a Sonia un respiro eterno. Todos: el taxista, Otis, Tito, la viejita y la enfermera se callaron, hasta los ruidos de afuera enmudecieron, el viento paró, la hojarasca cayó y el dolor desapareció... ¿o de tanto sufrimiento había entrado en el ojo del remolino?, y en ese silencio absoluto, también las cosas, teñidas por las luces del semáforo, se quedaron calladas... de una vereda a otra, de un edificio a otro, de terraza en terraza, de antena en antena, de esquina a esquina. Todo paró. Era Dios que le respondía, que aparecía entre dos luces… y ella con las quijadas trabadas y la garganta como un guante dado vuelta a punto de tragarse el universo. Después sí, se puso verde, el taxista hizo el par de cuadras que faltaban y los dejó en la puerta.

Recostada en el sillón, lo único que veía Sonia era el retrato, de cuerpo entero, de una virgen. Pero a pesar del halo, no era una virgen como las otras; ésta sostenía una tenaza con una muela descomunal que chorreaba hilos de sangre. De un collar le colgaba un diente de oro. Al pie de la túnica se alcanzaba a leer: SANTA APOLONIA, y más abajo, un texto escrito en letras medievales. Santa Apolonia. Me voy para abajo y me mirás; para arriba y me mirás… me corro para acá y también me mirás… Me mirás siempre… Eso es lo que necesito, una santa mano, alguien que me venga a socorrer, pero, ¿con ese diente ensangrentado?… Seguro que te dijeron, *el sufrimiento te salvará* y al final te hicieron Santa… la Santa Sadomaso. Santa Apolonia. Yo también, si me curás del chancro y me cerrás la boca te juro que me hago Santa… hago voto y me retiro… Ves, ese es un destino simple que me vendría al pelo… Santa Baroja… alcanzar la gracia divina… el aplauso de Dios… las visiones y los festejos… los arcoíris y las auras… la gloria en bandeja… la luz vital, el paraíso de las leches de coco y las cremas de miel, las esencias botánicas, los aceites primordiales de las selvas húmedas de Sumatra, el aplauso infinito, bandadas de aplausos cubriendo el cielo… ¿será ese mi destino?, Bendita Apolonia… Virgen del socorro, puta madre auxiliadora, concha de la santa lora, Virgen sádica y masoca… Maldita Apolonia te suplico que me concedas del señor por lo menos que me cierre la boca y si podés sacame de paso este timbre que me suena en el oído; ayuda te pido, curame rápido por Cristo Nuestro Señor… abrancancha… Santa Apolonia… Virgen del desvirgue, suenan las trompetas… abrancancha… gracia divina… abrancancha… abrancancha… abrancan chabran… abrancan…. chabrancan… chabrancan chabrancan… chabrancan chabrancan chabrancan… chabrancan chabrancan… chabrancan… chabrancan… chabrancan… chabrancan… chabrancan chabrancan… chabrancan…

chabrancan… chabrancan chabrancan… chabrancan chabrancan…
chabrancan… chabrancan… chabrancan… chabrancan… chabran-
can chabrancan… chabrancan…

El jefe de guardia, con un uniforme celeste impecable, llega al
sillón con dos estudiantes. Los tres le estudian primero las piernas
y las tetas y después la boca:

–¿Cómo te sentís… –busca el nombre–… Sonia?

–Haawa… Lah Halda… aa

El calor de los reflectores y el efecto del calmante no le habían
cerrado la boca pero le daban una sensación de esperanza. Además,
Otis, la enfermera y los viejitos estaban ahí, sentados contra la pared.
Tito, de vez en cuando, levantaba un puño victorioso y lo sacudía
como para darle ánimo. Otis, repantigado en la silla frente a Sonia,
miraba, por debajo de la minifalda, el triángulo de seda que cubría
su pubis recóndito. El cansancio de un día entero, los vientos, el
tráfico, los argentinos, el aire enrarecido del asilo, el bife de chorizo,
el vino, el taxista, todo se le había venido encima y se estaba a punto
de dormir, pero la visión de ese mandala inesperado lo mantenía
conectado a la vida como un respirador artificial. No podía creer
que de todos los puntos de vista que existen en el mundo, el destino
le hubiera regalado el más perfecto, o mejor aún, el único lugar
desde donde podía ver todos los puntos de vista. El pijastro de Otis,
también adormilado en la oscuridad, se despereza y tantea a ciegas
la dirección de su destino atávico. Otis se limpia los anteojos con la
camisa y se los reacomoda; reconoce no solo la seda sino también las
sutiles prominencias que producen esos vellos púbicos, arremolina-
dos como en una coreografía acuática de Hollywood. Cierra los ojos
y concentra todos sus sentidos en el aroma que debía emanar de esa
vagina. Intentando extraer de entre todos los olores, aquel perfume
íntimo, inspira lenta pero profundamente y se le abren las aletas de
la nariz. A punto de rendirse al sueño, Otis sabe que jamás en su
vida estuvo más lejos de F. de Baroja, pero a la vez sentía, por primera vez, que Bojinovic, y con él Mordaff, los Statter, y Gentrick, eran
meros personajes de su imaginación, ficciones de una vida pasada.

El dentista engancha la radiografía contra la pantalla iluminada, saca una lapicera y la apoya sobre la historia clínica. Sonia logra vislumbrar el contorno de su propio cráneo y el perfil de la mandíbula, pero más allá de eso la placa le resulta ilegible: volutas de humo, rayas fuera de foco, imágenes borroneadas en las que no puede reconocerse.

Señalando la radiografía con la punta de la lapicera, el dentista le habla a los dos estudiantes:

—No hay signo de osteomalacia o síndrome de Paget, pero este cóndilo está prácticamente absorbido y lo que queda tiene un desplazamiento medial. ¿Se ve? Acá, el tubérculo articular también sufrió una absorción importante. ¡Prácticamente desaparecido! Tienen suerte ustedes porque yo en mi vida vi una cosa así. Ni en el Tratado de Schafer. Y eso que hay cosas raras…

Los estudiantes celebran su suerte con un guiño cómplice. El jefe de guardia levanta un brazo y grita:

—¡Marcelo!, vení un minuto…

De la otra punta de la sala viene otro dentista con el mismo uniforme impecable.

—Pegale una mirada a esto.

El otro estudia la radiografía y abre los ojos como si una manada de elefantes se le viniera encima:

—¿Y estas manchas verdeazules?

—No… tiene que ser un error del revelado. Uno de los estudiantes interrumpe:

—¿Pero se puede hacer la maniobra?

—Que la haga Bertoli. Esto va de cabeza a cirugía…

Los ojos de Santa Apolonia parecían haberse abierto aún más.

La enfermera y los viejos se paran todos a la vez. Otis ya estaba dormido, y se sueña caminando por un bosque bajo un cielo de seda.

El viento golpea las ventanas.

El estudiante se pone los guantes y se prepara como si fuera a tocar la quinta sinfonía de Beethoven. Le agarra la cara a Sonia, le introduce los pulgares y presiona de ambos lados contra las muelas inferiores. Le baja la mandíbula, la lleva hacia atrás y la sube para intentar reacomodar la articulación.

–Aghhrrhhaaa…

El hueso vuelve a su lugar, la boca de Sonia se cierra de un latigazo y no puede evitar morderle los dedos al estudiante que reprime a medias un insulto pero pega un grito entero que atraviesa la sala de emergencias. Otis se despierta. Se sobresaltan los pacientes y los dentistas intercambian miradas burlonas. El viejo lampiño y la de crenchas cobrizas se retuercen de la impresión. Con esfuerzo, el estudiante recupera las manos, se quita los guantes de un solo gesto y se queda estudiándose las marcas que le dejaron las muelas.

Sonia se toca la cara como si hubiera recuperado a un hijo, repasa las mandíbulas, abre y cierra la boca y al final se duerme. Sueña con Santa Apolonia que le guiña un ojo y canta una endecha en voz baja y, como si fuera parte de una ceremonia cotidiana, la tiene atada con tiras de cuero en el interior de una mazmorra medieval, y le cepilla los dientes frente a un espejo carcomido por el tiempo.

El dentista la despierta y le entrega unas papeletas con sellos:

–Tratá de no abrir la boca. No te rías, no bosteces. Comé con cuidado. Con esta autorización te vas a cirugía, acá en el noveno. No dejes pasar mucho tiempo. Es una operación complicada que no siempre sale bien. Cuanto antes lo hagas mejor.

Sonia se despabila:

–¿Quién es Santa Apolonia?

–La patrona de los que sufren dolor de muelas. Ahí, en letra chiquita está toda la historia. La habían hecho prisionera durante la época de un emperador… de Grecia o Egipto… algo así; por cristiana la torturaron y como se rehusaba a abandonar la fe, le arrancaron, uno por uno, todos los dientes… Después se tiró a la hoguera.

–Linda historia.

–¿Sos católica?

–Claro!

–Y bueno! A ella le vas a tener que rezar.

Cuando Sonia, Otis, la enfermera y los viejitos salieron de la guardia, sintieron dejar atrás un espacio afuera del tiempo y entrar a un mundo desconocido. Buenos Aires había despertado y estaba encandilada por una luz lacerante, desbordada de bolsas abiertas como animales despanzurrados, y sometida por unos huracanes que hacían volar chapas y revoleaban basura, pedazos de libros y papeles por el aire. Frente al Hospital de Clínicas, los vendedores de la plaza están cerrando sus puestitos antes de abrir. Con los ojos casi cerrados y cubriéndose con los brazos, los cinco cruzan Córdoba y se refugian en la entrada de un edificio.

–¡Qué tornillo! ¿Y ahora? –Tito se esconde adentro de su campera.

Una caravana de camiones avanza por la avenida entre bocinazos y puteadas. En medio del torbellino, un ñandú medio desplumado cruza M. T. de Alvear y entra a una casa que tiene la puerta destrozada. Junto al edificio había un negocio de miembros ortopédicos. La vitrina tenía una rajadura en el centro y las piernas y los brazos estaban dispersos por el suelo.

Unas mujeres pasan gritando:

–Va a caer en La Paz!... en La Paz!

Sonia se sienta en el mármol y finalmente se deshace en un gemido sin consuelo. La sirena de una ambulancia le hace eco a la distancia; el sonido ni se acerca ni se aleja.

Otis se sienta al lado.

Sonia llora y las palabras brotan al ritmo de los espasmos:

–¡Me río y me mandan al quirófano! Seguro que me sale un granito y termino en coma cuatro. Ahora sí, a la Contartessi le sale un tumor entre los ojos y resulta que era un pelo encarnado. *Te vas a cirugía*, me dice! Decime si no es un hijo de puta?! –Se arroja por la catarata de su propio llanto– Todo al revés…

Otis le pasa un brazo por la espalda y siente las lágrimas calientes. No escucha las palabras más que como vehículos de su aliento, del aire que se escapa de sus pulmones y lo impregna con su temperatura interna. Lo excita ese desamparo, esa desagonía. Otis anticipa, por primera vez, que va a poder besarla; ramalazos de sangre electrificada le recorren las vísceras. Siente el cuerpo dócil de Sonia apretado contra el suyo pero sabe que todavía no es el momento, tiene que esperarla, curarla en la sal de sus lágrimas, macerarla a caricias casi imperceptibles, enternecerla a fuego lento con las palabras justas…

–Va a estar todo bien, Sonia. Ya va a ver…

–Siete años de teatro con Marina Garibaldi… ¿Y todo para qué? meditación cuántica, neuro-pilates, masaje tolteca, coaching ontológico con Néstor Álvares! ¿Sabés la preparación que tengo yo? ¿y todo para qué? A las pendejas de mierda nada les cuesta nada y todo les sale bien, y a las que ponemos todo –Sonia respira, toma envión y vuelve a llorar– a las que ponemos todo, nos sale todo mal. Todo mal, TODO MAL!, Mongo, y me estoy cagando de hambre y estoy tan atravesada que ya se me fueron las ganas de comer!

–A todos les pasa lo mismo, Sonia. El éxito es para los mediocres. Unos escriben largas y minuciosas disquisiciones que se pierden en los anales de la historia, mientras otro deja una opinión expresada a medias y en jerigonza y resulta que es rescatada como el instante precursor de un cambio paradigmático en la historia universal de las ideas.

–No sé de qué carajo hablas, Mongo, pero estamos a mitad de año y ya salieron los autos del año que viene!!, y los años pasan y ya hay nenas que podrían ser mis hijas…. no tienen ni quince y la otra conchuda de Panteiro no hace un carajo y se pasea con la mierdita blanca y todos le hacen reverencia y se la acarician como si fueran los rollitos del mar muerto… ¿Y yo qué?

—¿Usted quiere saber de qué hablo? Yo le digo de qué hablo; en mi vida pude estar tan cerca de una mujer como usted... ¿qué más le puedo decir? Desde que la vi no puedo pensar en otra cosa, ¿y me deja que le diga?: usted tiene más talento que todas esas chicas. ¿Usted quiere actuar en teatro? Y bueno, tiene cita con un productor. ¿Usted quiere que la aplaudan? La aplaudo yo, en silencio, cada vez que la veo. Mírese. Usted es una estrella y todavía ni se dio cuenta. Usted tiene sueños. ¿Qué más quiere? Tiene todo lo que puede pedir...

La enfermera y los viejitos están atentos a cada palabra y a cada gesto. Otis consigue apaciguar a Sonia con tanto usted esto y usted lo otro aunque ella todavía no se lo deja saber:

—Sí, tengo todo de lo que puedo pedir... Ahora, de lo que no puedo pedir no tengo nada. Yo no quiero tener talento, yo solo quiero tener éxito! Y ni siquiera consigo un fracaso como la gente... eso sería al menos una buena señal. Siempre dicen, mirá como tocó fondo y mirá el salto que pegó! Pero ni siquiera puedo tocar fondo, ni siquiera puedo contar con un fracaso sólido que me lance a la fama, un fracaso que uno diga, mirá qué fracaso... no estos fracasos de mierda! Un fracaso de verdad, tocar fondo de frente y con el cuerpo entero... Hacerme mierda contra el fondo... ¿Es mucho pedir?

Sonia se queda un rato en silencio y recupera la respiración. El delineador y la base de maquillaje estaban corridos y Otis creyó, por un segundo que había descubierto un *glitch*, que ella era víctima de un error fugaz e inexplicable. Por debajo del maquillaje emergían los reflejos glaucos. Algo, en las sacudidas repentinas que pega Sonia con la cabeza y en los filamentos del sudor tornasolado, le recuerdan a Otis a las sensuales medusas del Caribe:

—Usted es única, Sonia.

—Única. ¿Única? La verdad, que no sé si sentirme ofendida o halagada.

—Decídase antes de que se termine el mundo.

111

Sonia reconoce en el cansancio de Otis toda esa noche de sacrificio y la termina de conmover su admiración a flor de piel, paralizado, a la expectativa de una respuesta. Finalmente Sonia deja asomar una sonrisa y en seguida se ríe, pero es una risa húmeda y entrecortada por los vestigios del llanto:

—Bueno, ganás vos, Mongo: Me siento halagada.

Otis estaba a punto de tirarse al precipicio y ella le puso alas. Ya no queda más nada para decir, pero Sonia continúa hablando; la excita más el suspenso que la resolución:

—Soñar con aplausos indica que estás abierto a la conquista...

—¿Y usted sueña con aplausos?

Sonia se demora en la contorsión de las vocales y se acerca un poco más a la boca de Otis:

—No. Yo sueño que vuelo...

—¿Y vuela para escapar?

—No. Vuelo... pero en el mismo lugar. Como el colibrí. ¿Y sabés cómo me hace el corazón?

—¿Cómo le hace?

Sonia mide la brecha insalvable que los separa y se inclina sobre el último milímetro:

—Me hace bum bum... bum bum... bum bum...

Esos labios embebidos en lágrimas forman una corona perfecta alrededor de la cual ya nada existe. Ni la gente, ni el tráfico, ni los huracanes, ni las basuras volando por el aire. Solo la carne y el ritmo. Otis se da cuenta que besarla no solo es posible sino inevitable. Las cosas suelen estar más lejos de lo que uno piensa y cuando un día nos sorprenden, nos las llevamos por delante. Otis le aplastó los labios y en seguida sus bocas se entreabrieron al placer orgánico del descubrimiento. Avanzaron con las lenguas y los deseos invertebrados; y como si se tratara de un túnel infinito, cada uno vio una luz al final de ese beso.

PARTE
TERCERA

CABO DE SAN ANTONIO (1630)

El día se puso negro y finalmente se abalanza el ventarrón. Por allá refulgió un resplandor y me descubro esperando la lluvia. Pero no la espero en esa posta de carrizo apolillado que ya no ofrece ni sombra ni resguardo, sino aquí afuera y entregado a las clemencias de la tormenta. La espero afuera de mí mismo, con el alma a la intemperie, con los ojos, con la garganta, con el pecho dados vuelta, con las pústulas sedientas, con la carne viva y abierta. Sí, ya se largó. Se viene el mundo abajo, y te estoy, SANTA BÁRBARA, en grandísima obligación! Aaaaaa... se largó; el agua lava las heridas y calma la hinchazon, bebo más de lo que puedo y caigo de rodillas sobre la tierra mojada. La lluvia golpea con furia en el suelo y el choque de las gotas me arroja escupitajos de barro tibio que comienzan a cubrirme las piernas... Cómo no va a ser grande este destino, cómo no voy a agradecer este puesto si a él hemos llegado después de tantos trabajos y de tan señalados méritos. ¿Y quién, remontándose en el tiempo, no iba a rastrear sangre Baroja en los puertos de Esmirna, en los campos de Inglaterra o de Francia, en las Cruzadas, en las jornadas de César o en las revueltas de Egipto? Una generación después de otra se han ido pasando la posta, los Baroja, para defender territorios de uno o otro lado de las fronteras; y aun más atrás, aun antes de que existan las fronteras, en ese mundo antediluviano que custodia el Baroja primitivo que acecha en mis sueños. Serán engañosas las visiones que contemplamos cuando nos rendimos al sueño, pero ésta aparece casi todas las veces que duermo: las canas duras y tostadas por el calor de los volcanes cubren el cuerpo viejo y membrudo de aquel Baroja. En torno a él, la tierra y el mar, aún indistinguibles, reaparecen entre explosiones de lava ardiente. Parado sobre un macizo rocoso, el viejo se apoya con ambos puños sobre una mesa de estrategias y revisa un gran mapa roto y chamuscado. No alcanzo a ver el trazado de la Carta pero el viejo vuelve sobre ella una y otra vez como quien cuenta y recuenta, cada cinco minutos, las pocas piezas metálicas que le quedan en el bolsillo. De repente deja la mesa, y se hinca junto a un cráter; introduce el brazo en el interior, extrae del magma incandescente un cangrejo inmenso, y destrozando el caparazón se come el resto. Aun no sabría decir qué anuncian los gestos de ese Baroja primigenio, pero prefiero no leer en ellos más que el buen augurio de una muerte natural. Por ahora la única señal es la tormenta, y es a tal punto placentero el regalo del agua desplomándose sobre mi cuerpo que no puedo menos que aceptarla como un auspicio del cielo. El clamor de la lluvia cayendo sobre la tierra, despierta en mi el deseo de hacer aguas y libero toda la tensión de mi vejiga en un chorro largo y caliente. Aquí, a mis pies, siempre estuvo la tierra, y reparo, hoy más que nunca, en sus caricias silenciosas. La toco con admiración y presiento que me reconoce, que me llama hacia sus entrañas y me entrega la comba turgente de su corteza. Recostado sobre ella, me aferro a una raíz rastrera, y envalentonado por el barro halagador, me interno en este repliegue humedecido del suelo. Yo también reconozco en los escupitajos de lodo, tus besos desenfrenados de agradecimiento. La marea ha comenzado a crecer en la costa y otra vez el aire se ha cargado con esa fragancia a crustáceo podrido que me trae tantas reminiscencias femeninas... otra vez ese rico tufillo almibarado a cangrejo en descomposición. Y la tormenta que me golpea el cuerpo. Con cada nueva arremetida, me siento más y más atraído hacia la tierra. Y no sólo siento mi atracción; siento también la de su cuerpo celeste lanzado hacia el centro de mis huesos... como si supiera que me enceguecen las mercedes que me hacen sus musgos calentándose bajo la fricción de mi verga en celo. Un relampago estalla justo aquí sobre los pajonales y la luz encandila, por un instante, la tarde oscurecida. El estrépito del trueno no se hace esperar; retumba sobre tu piel y yo alojo hasta en las tripas el eco de ese temblor. En cada envite, siento los vuelcos de mi corazón; tu intuyes que me voy a vaciar en tu interior, y te estremeces de anticipación. MI VIDA, MI TIERRA! Mi agitación me mantiene a flote sobre tu superficie y siento el vendaval como una bandada enloquecida de suspiros. Aferrado a esta raíz, agarrado con el único brazo que me queda a tu blanda superficie, me siento suspendido en el espacio... último manotón de manco naufragando junto al sol y los planetas en la órbita vertiginosa de tus cielos. SANTA, SANTITA OLALLA, SANTA CECILIA! Yaciendo sobre ti, me lanzo hacia ti como desde un despeñadero y me precipito como el pájaro que, en pleno vuelo, cae muerto. Tus napas más profundas absorben mi licor como si lo esperaran desde hace tiempo. Estabas sedienta de mí y para nutrir la materia aún informe de mis homúnculos has aderezado tus camaranchones más secretos. Cuando baje la marea, miles de cangrejos emergerán de la superficie espumosa de la playa. Pues así, de igual manera y todo gracias a ti, surgirán algún día miles y miles de Barojas avanzando como INVENCIBLE TERCIO ESPAÑOL sobre la faz de la tierra.

CAPÍTULO
7

SARMIENTO Y AYACUCHO

La larva inquieta que Pafundi había extraído de la frente de Sonia había pasado las últimas semanas en el refrigerador de un laboratorio en Caballito. Aglutinada en fibras ya oscurecidas y envuelta en una gasa empapada en suero, descansaba adentro de otra heladerita. El patólogo que iba a diagnosticar la biopsia había desaparecido dejando una carta sin pies ni cabeza, plagada de errores ortográficos, insultos y unos esquemas de estilo florentino, para la construcción de un artefacto indescifrable, con algo de microscopio o de cañón de artillería. En busca de una segunda opinión, Sonia fue con Otis a retirar la larva y a llevarla a otro laboratorio en Castro Barros. Pero con la heladerita ya en el auto y yendo por Díaz Vélez hacia Acoyte el cielo se cubrió de nubes infectadas y el viento se transformó en un vendaval que empezó a destrozar antenas, hacer caer ramas y estallar vidrieras. El *Taunus* había pasado tres días en un taller y ahora lo que se había descompuesto era el mundo. Otis estaba paralizado, con taquicardia, convencido de que cualquier movimiento en falso podría perturbar el equilibrio universal que le había permitido volver a estar con Sonia. Pero manejaba rápido, eludiendo a la gente que corría hacia los edificios y mirando a través de los restos de basura que chocaban contra el parabrisas. Las reglas tácitas para decidir quién debía pasar primero en las esquinas se le hacían ilegibles, así que las cruzaba a velocidad y con los ojos cerrados. Sonia se había percatado de esa locura pero seguía mirándose en el espejito de la visera mientras gesticulaba y repetía una y otra vez el mismo ejercicio de vocalización: "PARA

PONER PÁLIDOS LOS PULCROS PÁRPADOS DE PEPITA, PÓNGANSE PASTELES PÚTRIDOS EN PÉRFIDOS PAPE-LES IMPOLUTOS…". Así, con suerte más que nada, lograron llegar hasta el *Hotel San Remo*, en Sarmiento y Ayacucho.

Arrodilladas sobre una alfombra de diseños persas y salpicadas de sangre, dos cocineras atendían a un portero que tenía un corte profundo en la cabeza. El lobby estaba desierto, con excepción de una viejita sentada en el sillón principal, abrazada a una jaula vacía. Todos, incluso el portero y los dos conserjes, estaban atentos a la televisión que mostraba imágenes del SK38: NOTICIA DE ÚLTI-MO MOMENTO. EN VIVO. DESDE EL SOCOTROCO. DE-FINEN LUGAR Y HORA. En la barra informativa que corría al pie de la pantalla las cotizaciones de los mercados fluctuaban como el electrocardiograma de un corazón en pleno infarto. En un recua-dro se mostraba una toma satelital del *Estádio do Restelo*, en Lisboa, donde los expertos habían finalmente precisado las coordenadas del impacto. La superficie ferrosa y sulfúrica del SK38 ocupaba el resto de la pantalla mientras una conductora divagaba en *off* sobre los esfuerzos de un tal profesor Donner, a finales del siglo diecinueve, para completar un catálogo fotográfico del cielo que había llegado a contar con más de treinta millones de estrellas. Hablaba lento y susurrando como si estuviera relatando un partido de golf. Con la noticia del SK38 habían proliferado los canales de 24 horas dedica-dos al siderolito y a veces, para matar tiempo, los periodistas tenían que alargar las notas con digresiones sin consecuencias o pausas gratuitas que creaban, sin embargo, una atmósfera de suspenso.

Sonia había quedado cautivada por las imágenes en el televisor, pero Otis, pegado a ella, solo estaba concentrado en recorrerla con el olfato, intentaba extraer con cada inspiración algún efluvio que ascendiera desde su sexo, libándola más que oliéndola, regodeán-dose secretamente en el calor natural que emanaba del interior de su cuerpo. Había, eso sí, entre tantos perfumes, un dejo a animal exhausto, a animal que ha agotado cada fibra de sus músculos para llegar consumido y jadeante a la guarida. Pero no por eso dejaba de excitarlo. Lo excitaba todavía más. No podía esperar un segundo para subir con ella a la habitación y, sin embargo, había quedado sometido a los ciclos interminables de un noticiero de 24 horas:

–Dígame, Sonia... ¿No habría que poner la biopsia en la heladera?

Pero los reflejos metálicos del asteroide surcando el cosmos parecían haberla hipnotizado. La voz pausada de la conductora la abstrae todavía más:

–*Cientos de piezas... del meteorito de Biebelé, que cayó en Nyland en 1899... y hasta se puede ver uno de estos fragmentos en el Museu de Geología de Barcelona... Pero el de Biebelé... es un meteorito rocoso... no un siderolito... Estas imágenes del Socotroco... que nos llegan en directo del Jet Propulsion Laboratory... en Pasadena... tienen un nivel de detalle... una minuciosidad... que asombra... Asombra la precisión de estas cámaras... para registrar en primeros planos, en alta definición y en tiempo real... los reflejos del silicio... los matices niquelados... las trazas de olivino... piroxeno... feldespato... las vetas blancas que corren a lo largo de la superficie negra y escamosa... hace recordar a otros mesosideritos... como el que cayó en Iowa en 1879... el de... Lowicz de... 1935... el de... Vaca Muerta... hallado... en 1861... en Antofagasta... identificado... como ustedes saben... por el naturalista Ignacio Domeyko... gran geólogo bielorruso que... si me permiten la digresión.... fue uno de los mejores rectores que tuvo la Universidad de Chile... incluso hoy... en su honor... llevan su nombre cadenas montañosas de la cordillera de los Andes.... una escuela tecnológica en Valparaíso... un espécimen de dinosaurio... el Domeykosaurus... y hasta un asteroide descubierto por Carlos Torres en 1975 desde la estación de Cerro El Roble... Carlos Torres, por su parte...*

–¿No habría que poner esto en la heladera?... No es bueno cortar la cadena de frío.

Sonia tantea el aire como si buscara acariciar las palabras de Otis, pero no quita los ojos de la pantalla. Qué poco sentido de la oportunidad tenía el Socotroco. ¿Cómo era posible, se preguntaba Otis, que habiendo recibido finalmente el regalo de un amor correspondido (quizá no amor, pero sí correspondido), la fuerza inexorable del destino le hubiera deparado al mismo tiempo ser víctima de un cataclismo?

La imagen del SK38 se encoge a un recuadro sobre el hombro de la presentadora. Las letras de su nombre se forman como las partículas de una explosión en reversa: Vanina Berg. Tiene un rostro tan angular que parece diseñado para eludir radares. En un segundo recuadro aparece el doctor Rubén Escorcha. Transpira y se aplasta unos cuantos pelos engominados que no llegan a cubrir la pelada. Es imposible ignorar el contraste: la presentadora y el astrónomo, la bella y la bestia, parecen apuntar a una nueva bifurcación en la evolución de la especie. Si acaso es cierto que los primeros humanos se apareaban con los Neandertal, quizá el doctor Escorcha puede todavía abrigar alguna esperanza; pero incomodado por el calor de los focos, intenta seducir a la reportera untándose el cráneo engominado.

Vanina Berg hace alarde de sus dientes:

—Y ahora sí, finalmente, en conexión con el doctor Escorcha, astrónomo del observatorio de Calar Alto en la Sierra de los Filabres. Hace exactamente... —Simula mirar el reloj— hace exactamente 11 horas, el Solar System Dynamic Group de la NASA y el departamento de Objetos Cercanos de la Agencia Japonesa de Exploración Aeroespacial lo han confirmado: El 5 de agosto a las 2:47 de la tarde, el *Estádio do Restelo* será el punto de impacto.

Otis deja la heladerita en el suelo y apoya un brazo sobre el hombro de Sonia. Ella le habla al televisor:

—... El 5 de agosto cae miércoles.

—Le hago, Profesor Escorcha, la pregunta que está en boca de todos, ¿cómo puede ser que haya llevado tanto tiempo precisar las coordenadas? ¿Cómo podemos estar seguros que esta vez no se equivocan?

120

El doctor Escorcha se está acomodando el audífono y no alcanza a oír la pregunta.

–¿Me escucha?

–¿Quién se equivoca?

–En estos últimos meses, digo, nos han dicho Dakar, Glasgow, Bolungarvik, La Paz... ¿Existe la posibilidad de que esta nueva fecha y estas nuevas coordenadas también sean el resultado de un error de cálculo? Imaginamos que no es fácil precisar estos detalles.

–Antes que nada quiero agradecerle por la invitación.

–Nosotros le agradecemos a usted!

–Un honor para mi...

–El honor es nuestro, doctor. ¿Podemos, entonces, confiar en las últimas estimaciones?

–Las variables para calcular el momento y el punto de impacto son innumerables: velocidades cambiantes, vagos coeficientes de arrastre, órbitas impredecibles, perturbaciones gravitacionales, movimientos relativos, excentricidades y anomalías... Lo de hoy es algo que no hubiéramos soñado hace unos meros cinco años; es decir: analizar miles de millones de datos en cuestión de horas... La revolución cuántica ha permitido dar sentido a un aluvión de datos y ha producido un modelo irrefutable de la trayectoria del SK38... Estamos viviendo un momento único. El anuncio de hoy es doblemente extraordinario y la comunidad científica hace bien en celebrarlo. Se trata de una de las grandes hazañas en la historia de la astronomía... en la historia de la ciencia.

–En todo caso, todavía faltan unas semanas para que el SK38 entre en la atmósfera. ¿Podemos contar con que la fricción atmosférica derrita parte de la superficie?

–Todos los parámetros del tránsito atmosférico ya se han hecho público desde hace un tiempo. Usted ya sabe que...

–Quizá no llegue a fragmentarse pero, ¿podemos anticipar que perderá un porcentaje importante de material, que el impacto no será tan extendido como nos quieren hacer creer?

–Con todo respeto, los asteroides masivos, como el SK38, no experimentan desaceleración por la fricción atmosférica y por lo tanto no hay derretimiento apreciable. Llegan a la tierra con la misma velocidad orbital y con una masa equivalente con la que transitan por el espacio. A 162.000 kilómetros por hora, con 120 kilómetros de diámetro, una masa de 430.000 toneladas, una morfología de proyectil que no ofrece resistencia y a un ángulo de penetración de 67º de la línea horizontal estamos hablando de un impacto de cientos de megatones, es decir dos millones de veces más potente que la bomba atómica. Estamos hablando de un impacto de la magnitud del que marcó el fin del Mesozoico.

El portero deja caer la cabeza y se escucha el golpe amortiguado contra la alfombra persa. Un pájaro choca contra los ventanales del lobby. En la calle, el día oscurecido vacila por las luces de las alarmas de los autos y las sirenas de las ambulancias.

–¿Te das cuenta, Mongo? Todo al revés. Decime si no es yeta el gallego. ¿Pero vos viste algún bagre japonés? Hay que estar atento a esas conexiones porque todo es energía. Te arman un sainete, te suben el rating y a esta pendeja con cara de tornillo le abren un kiosquito a la hora pico. ¿Qué hora es?

–Tres y diecisiete.

–Ni la cara la acompaña. Pero ellos no lo ven… ¿Sabés quién paró acá antes de ser famosa?

–¿Acá dónde?

–Acá, en el hotel.

–¿Quién?

–La Barbieri… Vos no la conoces… que en paz descanse… Gente del medio. Ella tenía el mismo síndrome que la Panteiro pero lo disimuló bastante bien, ¿vos pensás que es coincidencia? Todas las que tienen diastema tienen doble personalidad. Ahora, la Panteiro no, ella tiene una personalidad de mierda nada más… Cinturón gástrico pero siempre con la misma cara de veneno… La reina de

Capultala. Todo al revés. El cerebro se empieza a dividir desde los dientes. Mi abuela jugaba al tenis con la hermana de Alicia Fortabat.

—Le pregunto igual, doctor Escorcha, aunque ya anticipo la respuesta. ¿Existe la posibilidad de que todo esto sea un error de cálculo?

El astrónomo parece satisfecho, como si finalmente hubiera encontrado en el holocausto cósmico la convicción que necesitaba para seducir a la reportera:

—El invierno nuclear se va a extender por décadas. El polvo va a cubrirlo todo, la combustión va a ser permanente... los miasmas de radioactividad van a hacer de este planeta un espacio inhabitable por la eternidad de los mártires de Zaragoza...

La reportera agradece la intervención con una frase incomprensible. El astrónomo intenta decir algo pero lo sacan de pantalla antes de empezar el gesto. Solo queda la impresión de una mueca, la huella de una intención, como si hubiera querido pedir otra oportunidad para ofrecer una versión alternativa, quizá más calamitosa, del desastre. Como si hubiera descubierto en ese final, aunque ya tarde, una última y desesperada revancha.

Aprovechando la brecha entre el cierre de la entrevista y la presentación de otra nota sobre una secta apocalíptica en la Pampa de Achala, Otis rescata a Sonia y caminan hacia el ascensor. Uno de los conserjes viene agitando unos papelitos amarillos. Otis apura el paso como si se creyera, instintivamente, objeto de una persecución.

—Señor Morgovis... Señor Morgovis! Parece que lo andan buscando con cierta urgencia.

Sí, el empleado había dicho *cierta urgencia*. Extraña palabra para calificar una urgencia. Otis apretó varias veces el botón pero el mecanismo se tomó un segundo más del necesario; antes de que el conserje pudiera entrar, las puertas se cerraron sobre su brazo extendido y los papelitos cayeron al suelo. Resignado, Otis los levantó uno por uno. Las piernas, los aromas de Sonia, la anticipación de verla y reconocerla con todos los sentidos, ocupaba el horizonte de su consciencia. Antes de descartar esos mensajes los miró de soslayo más por reflejo que por compromiso: entre los nombres de Bojinovic y el profesor Maneo, registró el de Mordaff: el especialista en jardinería mesopotámica que le pateaba el auto para hacerle sonar la alarma. No necesitaba leerlos para saber que los mecanismos para despedirlo ya se habían puesto en marcha; para despedirlo de la universidad y, por lo tanto, de la investigación. ¿Ya le habrían dejado saber al profesor Maneo? Y si se le ocurría ir a visitar los huesos de Baroja en el Museo de General Alvarado, ¿se lo impedirían? ¿Dónde había puesto el fragmento de cráneo? ¿Le importaría todo eso a Sonia? Por las dudas, no dijo nada. Guardó las notas en un bolsillo. Sonia se miraba en el espejo. El ascensor subió, sin ganas, hacia el quinto piso.

La ventana de la habitación daba a Sarmiento y por el espacio que se abría entre dos edificios, Sonia intentaba descifrar el lenguaje de los nubarrones. Había camisas, pantalones y vestidos que se mantenían revoloteando en el aire como si fuera una coreografía de apariciones. En la esquina desierta un puesto de diarios había quedado abierto y las revistas se escapaban en el viento como pájaros desesperados. Otis vaciaba la heladera y tiraba las botellitas de whisky, los maníes y los chocolates sobre la cama deshecha. Terminó quitando las bandejas para poder acomodar la biopsia. Sonia se sentó en el borde de la cama, se cruzó de piernas, vació de un trago una de las botellitas y se lo quedó observando. Nunca nadie le había guardado una biopsia en la heladera, y menos con esa obstinación. Nunca nadie la había mirado como la miraba él. Nunca nadie la había tratado de usted. Si alguien diera voz a la señal en el mapa de la estación de Uruguay, lo haría con ese acento de doblaje de película de medianoche. Era Otis el que la animaba, desde ese y desde todos los mapas de la ciudad, a seguir para adelante: *Usted está aquí… Usted está aquí.*

Otis intuye en la mirada de Sonia más que una oportunidad, una salvación. Cierra la puerta de la heladera, se arrodilla a las piernas de Sonia y desliza una mano hacia los muslos. Ella lo detiene y lo agarra de los pelos. Sonia también se hubiera lanzado a explorarlo por debajo de la ropa, se la hubiera arrancado con los dientes y lo hubiera dado vuelta sobre la cama para montarlo como a un caballo desbocado; pero algo, una pulsión más fuerte incluso que el sexo, la retenía: la excitaba más el teatro de la indiferencia que apurar lo inevitable; prefería multiplicar los obstáculos, llevar a Otis al límite de la exasperación:

—Pero somos tan diferentes, Mongo. Yo soy artista y vos... ¿Qué querés explorar?

Otis distinguía al tacto cada bulbo en la piel de gallina de Sonia, y a ella la enardecían esos dedos calientes que le ofrecían una promesa de abrigo. En medio del frío, emanaba de Otis un calor veraniego, como si realmente, a pesar de estar juntos, habitaran otras latitudes. Otis siente la vacilación de esa mano que lo resiste pero que también parece esperar la respuesta apropiada, la cifra secreta, para dejarlo avanzar.

—Yo también soy artista...

—¿Vos?

—¿No le dije que escribo?

—Escribís... ¿qué escribís?

—Poesía.

—Los poetas no son artistas. Artistas somos las que nos subimos al escenario, artista es la que encuentra la forma de expresar la energía del momento. Todo es energía vital. Los poetas no, los poetas juntan, reacomodan palabras, y ¿después que hacen? Las corrigen y las vuelven a reacomodar...

—¿Quiere que le recite un *haiku*?

—Los poetas se pasan la vida corrigiendo y cuando el cuerpo se estresa somatizás. Yo tenía una tía poeta. Herpes Soster alias Culebrilla. Se le estaba por caer la cabeza y al final la partió un rayo. El verdadero artista no necesita corregir. Las células son parte de la energía general. No hace falta afinar el instrumento. Cambiar los muebles de lugar. Memoria muscular! Al poeta le falta... Le falta...

—¿Espontaneidad?

–Como un instinto de sobrevivencia... Editan, guardan, reescriben, tachan, tiran a la basura y vuelven a empezar... y así viven, con hipertensión, diabetes, gota, arritmia, derrames cerebrales, muerte súbita. Hay que abrirse al error. El error sana. Venimos de mundos diferentes, Mongo... ves? Lo mío es la música, el movimiento, la energía... Vos andás buscando esqueletos abajo de la tierra. ¿Qué es lo que querés encontrar?

–¿No vio la película...?

–¿Qué película?

–Una de las mejores películas que vi en mi vida!

–¿Cómo se llama?

–No me acuerdo el título pero trataba de eso... una mujer y un hombre que eran aparentemente incompatibles... Ella pertenecía a un grupo de autoflagelación colectiva y él a una secta que se comunicaba telepáticamente con extraterrestres. No podía haber dos personas más diferentes, uno pensaría que no tendrían de qué hablar... y sin embargo...

–¿Qué...?

–Un día se conocieron y se enamoraron.

–¿Quién actuaba?

–No me acuerdo.

–Estás inventando...

–La secta de ella eran cientos de fanáticos del *Heavy Metal*... se reunían en un estadio en ruinas y en la culminación de algún tema se empezaban a golpear con cadenas, las revoleaban y se las lanzaban entre ellos –Otis ilustra los movimientos con la cabeza, se le desencajan los anteojos y se los vuelve a acomodar– Él, en cambio, enviaba mensajes mentales hacia el espacio... Una comunidad *New Age* que se reunía en un círculo gigante para enviar pensamientos positivos hacia otras formas de vida en el universo... practicaban una especie de telepatía telescópica... enviaban mensajes de paz y armonía al espacio interestelar...

El viento sacude la ventana contra el marco a pesar de estar trabada.

Otro pájaro choca de pico contra el vidrio.

Sonia descruza las piernas y aunque todavía tiene agarrada la mano de Otis le permite avanzar un poco más:

–¿Y? ¿cómo termina la historia?

–¿Y le parece poco?

–Depende.

–El final no me acuerdo, la vi hace mucho.

–Me contás una historia y no sabés ni cómo se llama, ni quién actúa ni cómo termina. Tenés razón; sos escritor…

–¿Y a usted cómo le gustaría que terminara?

–¿A ella le gustaban las cadenas?

–Sí.

–Y bueno… Al final resulta que a él le gustaba que le peguen y ella le da con las cadenas y le da tanto que lo termina mandando al hospital y ahí después de unos días en terapia intensiva entrega el rosquete… entonces, desde el más allá, él le empieza a mandar mensajes mentales y ahí es cuando ella se da cuenta que lo quiere de verdad, entonces se suicida para poder reencontrarse con él en el inframundo… que es como un calabozo en el infierno… Una tragedia con final feliz. Una tragedia sadomasoquista con suerte.

–Pasó de película romántica a una de terror.

–Romántica de terror. Toda historia romántica tiene algo de terror, todo romance tiene algo de espanto… pero no hay que tener miedo, no hay que resistir; nada bueno sale del resentimiento y todo lo bueno sale del amor…

Otis la observa con una simple mirada que es de desconcierto, de impaciencia y de ruego a la vez. Sonia supo que lo había llevado hasta el límite de la exasperación. Algo, en la historia misma o en la forma en que Otis se la contó había logrado seducirla: que le pidiera que creyera en una fantasía, que viera en ellos a dos personajes de película tenía algo de encantador. Sonia le liberó la mano y juntó su cabeza con la de él, como si también quisiera comunicarse telepáticamente, decirle que sí, que todo era posible. Que había que pensar en positivo. Que a veces hay que creer. Que a veces hay que dejar que las cosas pasen, dejar que todas las posibilidades ocurran a la vez. Sonia sintió la mano de Otis avanzando hacia la ingle, introduciendo los dedos por debajo de la lencería. Con el dorso, Otis reconoció, asomando entre los vellos encrespados, los labios de su vulva enmudecida y fue presionando el clítoris mojado con cada uno de los nudillos. Sonia lo trajo de los pelos, se buscaron las bocas y se besaron. Se besaron con todo el cuerpo. Se alinearon los planetas y las lenguas. No se ven, se deducen, se imaginan, se sumergen en sus olores, exploran sus oscuridades, los orígenes del fuego que crepita en sus vientres. La presión, el mareo, la nebulosidad, la distancia, el balbuceo. Otis se ve danzando con un molusco en las profundidades abisales del océano. Siente los ganglios desproporcionados que deambulan por el cuerpo de Sonia como si acariciara otros seres, otras especies que palpitan y la reptan por adentro. Entrevé la epidermis, la capa subcutánea, los pólipos, la red cartilaginosa, el agua cuajada de las adiposidades, los humores verdeazules que fluyen en espasmos contradictorios por la trama vital de los capilares. Otis imagina al patólogo escribiendo esa carta enloquecido. ¿Era la carta de un suicida o una advertencia? Cuando Sonia se voltea para ganar terreno sobre la cama, Otis se agarra de ella y le entierra la cara entre las nalgas. Era ese, desde que la había visto subir las escaleras de EL WAIKIKI, el único rincón del planeta que quería explorar. El único rincón donde quería esconderse. El único libro que quería leer. Sonia siente las murmuraciones de Otis vibrándole en el culo. Se había introducido tan profundamente que ni él mismo sabía si se estaba ocultando del mundo o estaba intentando reaparecer por el otro lado. Sonia logra acomodar una rodilla sobre la cama. Otis se va incorporando y para calibrar las alturas, tiene que encorvarse y flexionar una pierna. Sonia lo va guiando con un pie y con reajustes casi quirúrgicos, favorecido por las gotas de flujo y transpiración que corren por los desfiladeros del ano, Otis logra introducir el pijastro entero. Los ojos de Sonia se escapan de las órbitas y toda ella se arquea en una interrogación de placer y sufrimiento. Grita. El anillo del ano, como la boca de un calamar en pánico, pulsa buscando tragar a ciegas esa presa interminable y se invagina hacia el interior con cada penetración y se repliega cada vez que Otis retrocede, bañado en la humedad natural del recto.

Esa era la coincidencia que buscaba.

Otro pájaro se estrella contra la ventana y esta vez rompe el vidrio. Las ráfagas violentas invaden la habitación y hacen volar los papeles y las cosas. Sonia hunde el taco en la alfombra. Los dedos huesudos del pie se abren en un abanico de uñas rojas:

—Mooongo…

—¡Sonia!

La ciudad entera, amenazada por los remolinos, se va desdibujando, desde los contornos de esos cuerpos, en un infinito garabato. Otro pájaro, con las plumas ya desencajadas, se estrella contra el espejo del armario y queda atontado en el suelo. Por sobre los rugidos del viento, las sirenas a la distancia, los quejidos penetrantes de la cama y los alaridos del pájaro que revolotea chocándose contra las paredes, Sonia y Otis hablan a los gritos para poder escucharse.

—Decime "Usted está aquí", Mongo…

—¿Usted… qué?!

—"Usted está aquí"… decí…

—¿Que yo diga…

—Sí, vos, dale!

—Usted está aquí.

—Pero gritá!

—Usteeed estaaa aquiii!!!!

—¡Que te escuchen de los edificios de enfrente!

Otis siente las garras del pájaro en la espalda y los rasguños que abren mínimos surcos de sangre en la piel. El pájaro los observa y grazna mientras abre las alas como ahuyentando el aire, solo para mantener el equilibrio:

—Jrjjhaaa!! Jrjjhaaa!!

El anillo del ano, como la boca de un calamar en pánico, pulsa buscando tragar a ciegas esa presa interminable y se invagina hacia el interior con cada penetración y se repliega cada vez que Otis retrocede, impregnado de la humedad natural del recto.

—¡Usteeed estaaa aquiii!!!

—Ahhhrrhhh! Y dale… Tirá de los pezones. Gritá…

Otis se pone en punta de pie con la pierna que apoya en el piso, reacomoda la que tiene en la cama para no caerse y se estira para alcanzar un pezón con la punta de los dedos:

—¡¡Usteeeeed estááá aquíííí!!

—Los dos… los dos… tirá de los dos… gritá!

Otis tenía el otro brazo apoyado en la cama y para no aplastarla tiene que estirar la otra pierna y arquear el torso mientras mantiene el ritmo de los empellones. Con cada envión tiene que hacer tanto esfuerzo que hasta siente el gusto de la sangre en la boca. Siente los ecos de la extraña cadencia que palpita en las arterias de Sonia, siente el ritmo dislocado, salvaje, reverberando en su interior. Los ecos de otro lugar.

Los pantallazos azules y rojos que lanza un patrullero estacionado en Sarmiento parecen imprimir mayor urgencia a la oscilación y a la sacudida de los cuerpos.

Las botellitas de whisky, los maníes y los chocolates bailan sobre la cama.

Carne viva. Carne caliente.

—¡!!! USTEEED ESTAAA AQUIII!!!!

—Hahhhrgrhhh! Tirá… Fuerte…

—Usted está aquí.

—Hahhhrgrhhh!

—Diga muuu. diga muuu…

—¿Que qué?

—Diga Muuu!!!!

—MUUU...

—Usted está aquí!!!!

—Jrjjjhaaa!! Jrjjhaaa!!

El anillo del ano, como la boca de un calamar en pánico, pulsa buscando tragar a ciegas esa presa interminable y se repliega cada vez que Otis retrocede, bañado en la humedad natural del recto, y se invagina hacia el interior con la última penetración.

Carne abierta. Carne roja.

—USTED!!!

—Mmmmmuuu!!!! Otis se lanza sin red.

Sonia se quiebra en un suspenso.

Otis se vuelca adentro de Sonia como un río que no para de correr, como un río sin orillas, como una corriente que lo arrastra todo. Descarga su ser con la fuerza de una ola que rompe contra las rocas, como una ola tras otra, como toda la historia de las mareas expresada en una espesa cresta seminal. Y Sonia también cae, expuesta a ese embate como una roca ígnea que se desintegra en una epifanía de arena. Se deshacen en el placer, en la agonía, en la memoria y en el olvido, y en ese renovarse de las materias revelan, en un solo instante, los dilatados ciclos de la tierra.

***

A Otis lo despertó un bocinazo largo acompañado de un concierto de bocinas y una voz gritando por altoparlante. La voz llegaba tan distorsionada que no se podía entender lo que decía. Tenía algo de las voces que escuchamos en los sueños, cargadas de intención y sin embargo despojadas de sentido. Retumbaba exaltada, nasal, filtrada por interferencias y chirridos. Podía tratarse de la llegada de un circo, un discurso de barricada o una evacuación de emergencia.

Sonia ya no estaba.

Por la ventana rota se colaba la brisa matutina. La luz del sol, destilada por una capa de nubes blancas, iluminaba los destrozos que había dejado la tempestad. Otis lo observaba todo pero como si no estuviera ahí, como el ministro que sobrevuela las zonas arrasadas por un tornado, incapaz de oír los gemidos de los sobrevivientes. Las ropas colgando de las aspas de un ventilador, los cuadros y las botellas rotas, la comida, los zapatos, los huesos, la basura, los fragmentos de vidrios y espejos, los papeles, las ramas, los bichos, las plumas dispersas y los pájaros muertos... Sin embargo a Otis, todo le parecía vibrar en las fronteras de la perfección. La noche anterior era mucho más que un recuerdo; era una nueva identidad. Se había vaciado de toda materialidad y vuelto a llenar de una energía casi sobrehumana. Los olores, la consistencia, la conmoción que todavía retumbaba en su interior. El cuerpo de Sonia. Sonia. Ahora sí se podía morir tranquilo... Literalmente. Se podía morir tranquilo. Podía recibir a la muerte no solo con total despreocupación sino con esperanza. Estaba todo dicho. Sonia tenía razón; todo era energía. No había nada que corregir.

En ese estado se levantó, se puso lo primero que encontró, avanzó sin darse cuenta de las cosas que iba pateando, agarró la heladerita y bajó hasta el lobby por escalera. No había nadie excepto por la viejita que seguía abrazada a la jaula, sentada en el mismo sillón. Otis buscó en la alfombra persa las manchas de sangre como si esas salpicaduras probaran que la noche anterior no había sido un sueño. La televisión continuaba encendida pero en lugar de noticias del SK38, pasaban una publicidad de teléfonos celulares. Como si fueran miles de cucarachas moribundas, sacudiéndose patas para arriba, un montón de celulares vibraban a punto de quedarse sin batería. Otis salió del hotel. La ciudad era un hormiguero pisado; todos parecían convencidos de que debían correr en direcciones opuestas. La voz del altoparlante los confundía todavía más. Encontró el auto apretado entre dos camiones y a diez metros de donde lo había dejado. Tenía el techo abollado. Le llevó varios intentos primero hacerlo arrancar y después perfilarse para salir. Logró poner marcha atrás y primera varias veces sin que se soltara la palanca de cambios. Al final lo sacó y avanzó unas cuadras pero en seguida quedó sometido a los caprichos de un tráfico aberrante. A Otis, sin embargo, no se le borraba la sonrisa de felicidad. Disfrutaba de la vibración de los colores y las formas que lo rodeaban. Entre los autos, camiones y acoplados que no paraban de tocar bocina, se cruzaban motos y bicicletas, además de gente y animales corriendo. Había pensado llegar a primera hora al laboratorio pero había salido tarde del hotel y después de hacer unas cuadras por Ayacucho y doblar en Tucumán, el tráfico se transformó en un embotellamiento que casi ni avanzaba. Un chico de unos cinco años que empujaba a un viejito en silla de ruedas iba más rápido que él. Cuando finalmente logró cruzar Pueyrredón, se hubiera contentado con llegar antes del mediodía pero le llevó media hora pasar Gallo y finalmente, en la esquina donde Tucumán muere en Medrano, ya no pudo avanzar más. Ni él ni nadie. Habían quedado todos estancados. Un mar de autos en todas las direcciones. Era todavía peor que un embotellamiento porque sabían que ya no podrían salir de ahí.

¿Habría choques múltiples? ¿Árboles caídos que ya nadie podría mover? ¿Muertos a quien nadie iría a levantar? Muchos tocan bocina como si creyeran que cuanto más irritante y sostenido es el sonido, más posibilidades tenían de deshacer el embrollo. En algún momento a alguien se le ocurrió abandonarlo todo y no pasó mucho tiempo para que se sumaran otros que salían corriendo o saltando por sobre los techos de los autos. De vez en cuando caían cuadros, muebles o valijas de algún balcón. Otis había quedado frente a la entrada de la *Universidad Tecnológica Nacional*. El edificio era imponente, pero visto desde esa perspectiva, perdía seriedad. En todo caso, a Otis ni se le hubiera ocurrido abandonar el auto. Los bocinazos, las radios, los gritos, los ladridos, los golpes, llegaban atenuados no solo a través de las ventanillas levantadas sino también al interior de su consciencia. Otis se da cuenta que no necesita nada. Había quedado atrapado en un embotellamiento terminal pero recibía ese destino con gratitud, como si fuera un premio del cielo; ¿qué mejor estado que la inmovilidad para quien ya no necesita ir a ningún lado? Ahora se podía morir tranquilo. El mundo se podía venir abajo. Literalmente. Se podía caer el Socotroco. Desatarse un invierno nuclear. El polvo podía cubrirlo todo, transformar el planeta en un espacio inhabitable por la eternidad de los mártires de Zaragoza. Otis se pregunta cómo serán los pantallazos que vería segundos antes de morir. Se imagina un montaje acelerado, pero ¿serán imágenes recuperadas del olvido o las mismas a las que volvía una y otra vez? ¿Aparecerán en orden cronológico o mezcladas al azar? ¿Serán cientos de imágenes consecutivas o percibidas en un gran pantallazo simultáneo? Imaginó una secuencia de escenas: *Las ramas del fresno que veía desde su habitación en Virginia, el arreglo de huesos que trajo de una expedición a Crimea, una puesta de sol en Cartagena, la operación a corazón abierto en el hospital de Kiev, una bandada de avestruces en Nebraska, los pechos del monumento a la mujer en Mazatlán, los ojos vacíos de Bojinovic, sus falanges hundidas en el agua, los pasillos empolvados de la biblioteca de Cuernavaca, el cráneo de F. de Baroja, las luces irreales proyectadas sobre el pozo en San Clemente del Tuyú, un gesto, una puntada a medianoche, unas huellas en el fango... y sobre todo Sonia... cientos de pantallazos de Sonia. Sonia vista desde todas las perspectivas posibles...*

En la radio del Taunus, una conversación había derivado en discusión y todos hablaban a la vez. Le pareció a Otis que tenía algo de enfrentamiento político. Escuchó que decían "vínculo", "procesado" "campaña". Hasta ese momento ni se había dado cuenta que la radio estaba encendida. Quiere bajar el sonido pero se equivoca de perilla y cambia varias estaciones a la vez. Le parece extraordinaria esa mezcla de significados luchando contra la estática, de medias palabras o atisbos de notas que emergen y desaparecen en un desconcierto de interferencias, como si un monstruo se tragara los sonidos. Sigue girando la perilla para uno y otro lado. Entre los chisporroteos, el fragmento de un acorde, parte de una risa, un silencio, una exclamación, o el vislumbre de una frase resultan suficientes para revelar el contexto: las noticias, una entrevista, un partido de futbol, una publicidad, una milonga. Otis sigue saltando de una a otra estación hasta que finalmente baja el volumen.

Apoya una mano sobre la tapa de la heladerita. La mira y se siente acompañado. Recordó cuando había pasado a buscar a Sonia la primera vez. Con ella había entrado una mezcla de extractos florales y bergamota que lo había sofocado y seducido al mismo tiempo. Todavía podía olerlo. Miraba la heladerita y la tela adhesiva con el nombre "S Baroja" escrito en marcador rojo. Ahí estaba. Como si por un pase de magia, Sonia se hubiera transformado en su propia biopsia. Y no por eso dejaba de ser perfecta. Otis apoya una mano sobre la heladera. Resiste el impulso de abrirla y observar la larva. Puede intuir, a través de la tapa, la temperatura gélida del interior. Trata de construir una imagen mental del tejido pero no logra darle ni forma ni sustancia. Le lleva un tiempo decidirse hasta que por fin abre la tapa y junto con una nube de aire helado se escapa un aroma orgánico que le recuerda todavía más a Sonia, un vaho levemente mórbido, de una amargura punzante que lo excita. De repente el silencio lo aísla y siente que su percepción se intensifica. Se asoma al interior. Introduce la mano y deshace el envoltorio de gasa húmeda que protege a la biopsia. Ahí está: fría, glauca, nacarada, temblorosa; un fragmento micáceo de costra melicérica atravesado por filones y puntos de sangre verdeazul. Otis juraría que es él quien está siendo observado. Como esos retratos que parecen reconocer nuestra presencia, que nos clavan la mirada y nos siguen incluso después de habernos ido, Otis sentía que ese tejido lo convocaba con urgencia. Como había dicho el conserje, con *cierta urgencia*. ¿Dónde había dejado los papelitos con los mensajes? ¿Dónde había dejado el cráneo de Baroja? ¿Debía besar ese tejido para que Sonia volviera? Otis sentía que contaba con el poder de romper el conjuro y rescatar a Sonia de esa metamorfosis. Si mantenía la heladera abierta, en lugar de darle nueva vida, terminaría aniquilándola, pero cuanto más la observaba, mayor realidad parecía adquirir, como si fuera un corazón vivo, vislumbrado en la grieta de un cuerpo abierto, como si fuera el corazón de una gallina que late en el rincón de un laboratorio, un corazón aislado, como un teratoma palpitante. Cuanto más la estudiaba, con mayor violencia se definía en su recuerdo aquel corazón que había visto en directo desde el quirófano de un hospital en Kiev: las palpitaciones, la membrana serosa desgarrada y brillante, salpicando borbotones de sangre sobre unos guantes de látex. ¿Tendrían consciencia esos corazones aislados? ¿Qué estaría pensando esa masa crispada de material biológico que lo miraba? Pensamiento sin cuerpo, latidos sin principio ni fin, repitiéndose como una plegaria muda que lo invocaba con la misma insistencia con la que un devoto reclama a su dios.

Un chirrido casi inaudible pero insistente distrae a Otis. Venía de la radio y de los autos que lo rodeaban. Otis vuelve a subir el volumen:

TZSHGRRRSHRSHRSHRSH….

–ESTE ES UN MENSAJE DEL CENTRO NACIONAL DE ALERTA Y RESPUESTA RÁPIDA. ESTE ES SOLO UN MENSAJE DE PRUEBA DE LOS SISTEMAS DE ALERTA DE EMERGENCIA. NO DEBE TOMAR NINGUNA ACCION. ESTE ES SOLO UN MENSAJE DE PRUEBA DE LOS SISTEMAS DE ALERTA DE EMERGENCIA…

TZSHGRRRSHRSHRSHRSH….

Otis cierra la tapa de la heladera. Apaga el motor. Se reacomoda en su asiento y cierra los ojos. Una huella de luz con la forma del auto que tenía enfrente queda impresa, flotando en la oscuridad de sus párpados. Después de unos segundos desaparece. El mensaje de alerta le llegó desprovisto de toda amenaza. Por el contrario, tenía, para Otis, una dimensión poética, algo de *haiku*. Se ríe solo, a carcajadas, pensando en esa comparación y reescribiéndolo en verso:

> *Mensaje de alerta*
> *Tzshgrrrshrsrshrsh*
> *No tome ninguna acción*

La carcajada se transforma en un gesto de satisfacción que se extiende por todo el cuerpo. Otis respira profundo y vuelve a apoyar una mano sobre la tapa de la heladera como si abrazara a Sonia. Adentro del auto, en el ojo de ese remolino, Otis se regocija en el caos como si fuera la manifestación de una armonía superior, siente que habita una dimensión anterior a la materia y al tiempo y que se ha transformado en la manifestación de un dios. No un dios con mayúscula, innombrable, omnisciente o infinito sino un dios menor, con poderes supremos pero con limitaciones y defectos, un dios trágico, como los dioses menores del Olimpo o del antiguo Egipto. Otis se pregunta qué pantallazos vería un dios menor antes de morir y a medida que lo va ganando el sueño, imagina otra secuencia de escenas: el centellear de una batalla, la transparencia del hielo, la naturaleza de la fuerza, la creación y la destrucción de las ciudades, la repetición de los eclipses, la evolución de las nubes, la duración de las cosas y la ilusión de las distancias, la historia secreta de la luz, el murmullo constante del agua y de las plegarias, la soledad de los templos, el ritmo de los lenguajes, el instinto de las bestias, la memoria de los bosques consumiéndose en el fuego… y así continuó hasta que las imágenes, cada vez más fragmentadas se fueron confundiendo con las visiones del primer sueño.

Afuera, el estruendo de las bocinas repercutía contra las paredes de los edificios. Se trataba de un único bocinazo mancomunado, un alarido unánime que parecía anunciar a toda la ciudad, al mundo, al universo, que ya no había de qué preocuparse: lo peor todavía estaba por llegar.

CAPÍTULO
8

PUEYRREDÓN Y PACHECO DE MELO

Con la humedad, los sonidos viajan más lejos, y Sonia, todavía en la cama y sin poder abrir los ojos, lograba oír el rugir de un avión a la distancia. El estrépito del motor retumbó por unos momentos en el aire hasta que fue desapareciendo y se fundió con los ruidos de la ciudad. Algún vecino estaba corriendo muebles. Unas personas se gritaban a la distancia. Se oía el murmullo de una radio, los bocinazos y las frenadas de los colectivos. Esa era la ciudad que estaba a punto de reconocerla, de reclamarla como suya. Sonia se acordó de Otis cruzando las esquinas con los ojos cerrados. Así habría que enfrentar cada día, pensó. Cada día era otra esquina impredecible que había que cruzar a ciegas. Pero hoy no era una esquina más. Hoy eran las diez esquinas... y el Tono Gutiérrez, el Cid Campeador. Sonia hizo el esfuerzo y logró abrir un ojo. Vio la aureola de moho en el techo. Estaba ahí hacía años. Habían tardado tanto en arreglar los caños que esos hongos negros y amarillentos habían logrado instalarse definitivamente. En esas manchas, Da Vinci habría visto nubes acumulando formas contra el viento. Sonia veía descargas de caballerías, una batalla en plena acción. Cerró el ojo, se quedó dormida, y después de unos minutos, abrió los dos. Mira el reloj justo en el instante en que 7:58 cambia a 7:59. No se lo dijo a si misma con palabras pero sintió que ser testigo de ese salto tenía que tener algún significado, como si esa manifestación del funcionamiento interno del reloj le hubiera revelado la mecánica secreta del tiempo. No hay que apurar las cosas. Con tiempo. Cruzaría las diez esquinas... avanzaría con toda la caballería apretando los ojos... Entraría con todo a la oficina del Tono Gutiérrez. Si en la vida nos esperan tres batallas, esa tenía que ser una. De repente imaginó a Gutiérrez vestido como el Cid Campeador, implacable y montado sobre un caballo de guerra desbocado pero de hierro y haciendo flamear la bandera argentina. Chabrancán! Chabrancán! ¿Por qué habrían puesto al Cid Campeador en las diez esquinas? ¿Había ganado una batalla ahí mismo, incluso antes de que existieran las esquinas? Chabrancán... chabrancán... chabrancán... La humedad se hacía sentir en el aire, en las paredes. En algún momento del día iba a llover. En algún lugar ya estaba lloviendo. Ya se olía la tierra mojada.

Sonia dejó correr la ducha y mientras se calentaba el agua se paró frente a los espejos del botiquín. Las tres puertitas le devolvían tres ángulos de si misma y en ninguno se reconocía. Adivinaba, por debajo de la piel, los perfiles del cráneo, pero los veía reblandecidos. Hubiera jurado que se estaba dispersando, que las células la estaban abandonado; sentía que perdía consistencia. Olfateaba, como en una frecuencia desconocida, los vahos microscópicos de esa desintegración. Repasa con una toalla los tres espejos, se tira agua fría en la cara, se lava los ojos y vuelve a mirarse. ¿Justo ahora que tenía la entrevista, el chancro en la frente y la sangre espesa? Todo al revés. Abrió las puertitas del botiquín y revisó entre los remedios, entre las gotas homeopáticas, las cremas humectantes, las emulsiones para los granos, las llagas, las tabletas de Pergatol, las cápsulas de Belmazo, ampollas de suero, vaselinas, antimicóticos, vitaminas, sulfacetamidas, pomos de hidrocortisona, Fuconazol, cajitas de Zolpidem, de magnesio, entre los líquidos para los callos, las pinzas, las botellitas de sulfuro, piedras, limas, inhaladores, expectorantes, remedios para las aftas, para la dermatitis, para la retinosis... remedios sin fecha de vencimiento, remedios a punto de vencer, remedios vencidos hacía años. Extrajo de entre dos cajitas un tubo etiquetado a máquina;

todavía se distinguía el nombre de PAFUNDI borroneado por el agua. Sonia tomó dos píldoras y se metió bajo la ducha. Se lavó dos veces con champú. Se enjuagó. Se pasó desenredante, en la cabeza y en el pubis, y mientras esperaba a que hiciera efecto, leyó el texto al dorso de la botella como si se tratara de una invocación encantatoria:

Nutre y relaja el corazón de tus fibras capilares con este intensificador de luz vital. Recrea el volumen de tus cabellos con las esencias botánicas y los aceites primordiales de las selvas húmedas de Sumatra.

Se enjuagó y con la frente apoyada contra los azulejos, pasó diez minutos bajo la ducha con los brazos colgando y sin moverse. El agua espumosa se colaba entre los dedos de los pies, se arremolinaba hacia el desagote y desaparecía. Sonia había encontrado el punto de equilibrio que le permitía estar parada sin tener que hacer ningún esfuerzo; la posición que le hubiera permitido no moverse nunca más. En la cascada que caía sobre ella, Sonia escuchaba una explosión de aplausos, un auditorio que se viene abajo con gritos y silbidos de fondo. Aire, agua, música: el aplauso hecho de la materia elemental de la naturaleza. Volar y ser aplaudida. Hoy le tocaba a ella la consagración, ser Zoe Zepeda, estar parada en punta de pies, a contraluz, contra la luz vaporosa de una ciudad fuera de foco, de edificios antiguos y rascacielos y los brillos de un río a la distancia. Hoy le tocaba a ella pegar el salto, abrir los brazos a doble página, lanzarse a un vuelo consagratorio. Volar y ser aplaudida en pleno vuelo. Le preguntarían qué se siente y ella respondería que se abre un ciclo maravilloso y absolutamente positivo... lo difícil no es llegar sino mantenerse... Me debo a mi equipo que es casi casi como una familia y a los que me siguen desde siempre, desde el principio: los quiero... Los quiero! Le preguntarían si es verdad lo que se comenta sobre el conflicto con Cristina Panteiro y ella diría que exageran pero que sí, es verdad que la Panteiro vive de la envidia ajena... ella dice que cuando encuentra una manchita en la pared deja todo lo que está haciendo para limpiarla y yo le digo por qué no se mira la cara y deja todo para salir corriendo al cirujano. Siempre hay que pensar en positivo, hay que proyectar. Aplaudirían. Esta vez le tocaba a ella estar en las pantallas. Le preguntarían cómo hace para estar tan bien y ella diría que no, que ni hace gimnasia ni se cuida y te digo más, dice, y dice que aún más, si le colgaran una bolsa de suero rellena de dulce de leche y la dejaran enchufada de por vida ella estaría igual de bien, que la sensualidad no se consigue con esfuerzo, es un don de dios... un regalo de la divina providencia... ¿diría eso? Le preguntarían sobre su vida romántica y ella diría que no podía negar que había conocido a un científico norteamericano y que paciencia... ya escucharían de él porque en pocos días haría público un descubrimiento histórico pero que prefería respetar su privacidad y por ahora no hablar del tema. Le preguntarían cuál será el próximo éxito y ella dirá que el universo está escuchando, que hay que proyectar, pensar en positivo y que ya todos los planetas se van a alinear. Hay que tener fe en el destino. Tendría respuestas para todas las preguntas pero ni ella sabía cuál de todos los destinos imaginados podría ser el suyo; aunque una fuerza desconocida le revelaba que ese destino no podía postergarse más.

El canal quedaba en Gorriti, al fondo, del otro lado de Juan B. Justo, donde las casonas de antes se habían transformado en restaurantes orgánicos, cafés artesanales y librerías para poetas. Se mantenía el adoquín de la calle pero ya no eran las viejas piedras cortadas a mano. Hasta la gente, charlando en las mesitas de la vereda, parecía haber pasado por un diseñador. Sonia los observaba, desde la ventanilla del taxi, como si estuviera descubriendo una galaxia. Los árboles estaban quietos bajo un cielo espeso que anticipaba la tormenta. Bajó y se topó con el edificio; un cubo solo identificable por el logo del canal. El cemento a la vista, los ventanales espejados, la arquitectura bruta, todo apuntaba a evitar la luz, los ruidos, la mirada de la gente, el exterior en general. La desconcertó que una construcción dedicada a transmitir para millones se obstinara en pasar desapercibida. Así de inmenso como era el edificio, solo tenía acceso por una puertita de hierro. Sonia no encontraba el timbre. Intentó mover el picaporte. Dio un par de golpes hasta que escuchó un crujir eléctrico y vio la cámara que la apuntaba desde arriba. Ensayó una mueca parecida a una sonrisa y aplaudió un par de veces como si estuviera frente a la tranquera de una estancia. ¿Dé dónde había salido ese gesto? ¿Los estaba aplaudiendo a ellos? ¿Se estaba aplaudiendo a sí misma? En seguida se arrepintió. No había entrado y ya estaba haciendo un papelón.

Un timbre largo destrabó la puerta. Al fondo del pasillo un guarda leía el diario sobre una mesa exageradamente chica. A sus espaldas pasaban unos utileros que se reían despreocupados del mundo mientras cargaban paneles de telgopor con forma de bananeros. Sonia no podía dejar de mirar; intuía que en el momento menos esperado aparecería Cristina Panteiro.

El vozarrón de fumador del guarda la despertó: "Escribí acá". Apuntaba con un dedo sobre el libro de entradas. Sonia se puso a completar las columnas:

Apellido: *Baroja*
Nombre: Sonia
Hora: *11:30 am.*
Dirección: *Av. Pueyrredón 2031. 6-B*

Mientras escribía *Av. Pueyrredón* y los números de la altura visualizó, en un destello mortífero, la placa ovalada de su edificio y se le nubló la vista. Se tropezó en el lugar. Para deshacerse de la visión se apoyó contra la mesa y se pasó las yemas de los dedos contra el cuero cabelludo. En el diario abierto alcanzó a vislumbrar un título: CARDENAL OCHOA ATRAPADO CON ZIKA EN RABAT.

–¿Ustedes archivan los videos?

–¿Qué video?

–El del portero eléctrico. Me parece que hoy no era el día para venir.

–¿Tenés cita?

–Hay que saber leer los signos. Me parece que hoy no era el día. ¿A vos qué te parece? Vos estás en seguridad, tenés que saber. Gutiérrez me está esperando.

–Tengo ocho Gutiérrez en el canal.

–Es por el tema del programa. Me dijo Alicia. El Rana… le dijo. –Sonia se inclina sobre la mesita y le habla en voz baja– Yo hice teatro con Marina Garibaldi. Mejor dejalo así, no lo quiero mufar… A veces cuando el universo habla hay que saber escuchar… ¿Pero archivan los videos?

El guarda levantó el teléfono y marcó un interno. Cotejaba el libro de entradas con la cara de Sonia como si se tratara de una foto: "Baroja… Sonia. No… No sé… El Rana… Sí… Que la está esperando…". Sonia marcaba el tiempo de las pausas con el taco aguja contra el piso.

–Subí al segundo. Quedate en sala de espera. Ya te van a llamar.

El ascensor le pareció exageradamente grande, ¿lo usaban en secreto para transportar camillas? En realidad, todo el interior del canal tenía un aire hospitalario; los azulejos, los pasillos anchos, las luces que no proyectaban sombras, el olor a destilación. Por los parlantes alcanzó a escuchar MENDOZA A ESTUDIO CUATRO… MENDOZA A ESTUDIO CUATRO y una bocina intermitente a la que nadie prestaba atención. Desde la sala de espera reconoció la puerta de la oficina del Tono Gutiérrez: ANTONIO F. GUTIERREZ. La puerta tenía una ventanita de vidrio prensado con diseños que dejaba pasar la luz pero descomponía las formas en facetas caprichosas; ahora no se veía nada del otro lado, como si fueran piezas de un rompecabezas ya armado pero sin contenido. Gutiérrez tenía que estar en la oficina y Sonia estudia esos fragmentos intentando predecir cuál será el primero en oscurecerse. Cree adivinar la pieza y como un animal al acecho la mira con una insistencia mortal, convencida además de que en ese punto estaba concentrado todo su futuro. Chabrancán, chabrancán, chabrancán, chabrancán... A tal extremo había enfocado su consciencia que no se percataba de los iluminadores, las secretarias, incluso los actores que pasaban a su lado. De alguna manera ya era parte del canal: había subido al segundo piso. La distrajeron los estrépitos de una risotada: era Cristina Panteiro. Así como la escuchó se olvidó del fragmento de la ventana y la fue observando en cada uno de sus movimientos como si fluyera en progresivas superposiciones. Hasta sus propios latidos, los escuchaba, Sonia, como los ecos reblandecidos de tambores primitivos. Cristina Panteiro iba a las carcajadas, volátil, flotando junto a dos bailarines descalzos. Caminaba como si naturalmente la acompañara una banda sonora. A cada paso, los bailarines expelían lentas nubes de un talco que brillaba como partículas de luz. Cristina Panteiro llevaba unos guantes blancos, una tanga casi invisible, unas pegatinas en los pezones con apliques de lentejuelas y unos tacones de piel de tigre. Estaba prácticamente en cuero y sin embargo la que se sentía desnuda, la que se sentía reblandecida como un molusco, era Sonia. Sin saber qué fuerzas, qué otro ser se expresa a través de ella, se para y grita:

—Cristina!

Y sintió como si se hubieran abierto las compuertas: *Cristina Panteiro! Cristina Panteiro!* De cerca podía ver la epidermis sufrida, la boca tirante por las cirugías, la comba humedecida de los pezones escapándose de las pegatinas. Entre las tetas asomaba el hocico de un perrito que sacaba la lengua por las filas de una dentadura casi humana. Cristina Panteiro la miraba de arriba para abajo, la leía en todas las direcciones y no podía descifrarla:

–¿Qué querés, mi amor? Viniste por la entrada!

–Lo sabía… yo dije en cualquier momento la veo y acá estás… Es una señal. Cristina Panteiro! Sonia Baroja… –le extiende una mano pero Cristina Panteiro se la agarra por la punta de los dedos, como si fuera un pañuelo:

–Por las entradas… a planta baja.

–Segundo me dijeron –Señala hacia la puerta de Gutiérrez y baja el tono– Segundo me dijeron. Me parece que está adentro. Hay que ver qué dice… Viste como son… cuando están por salir las cosas… Yo lo entiendo. Es parte de la negociación…

Cristina Panteiro da un paso atrás y se le nubla el gesto. Finalmente logra descifrarla:

–Eso que tenés ahí… –Señala el chancro– ¿te lo hiciste ver? Sonia pasa el dorso de la mano por la frente:

–¿Qué?

–Fruto de cactus! Lo abrís, lo sacás con una cuchara, lo cortás en pedacitos y lo hervís hasta hacerlo puré. Nada de cremas, fórmulas… La industria farmacéutica arruina la capa de ozono y ¿qué pasa cuando se arruina la capa de ozono? Se trastornan las órbitas de los planetas… ¿Y qué pasa cuando se trastornan las órbitas de los planetas? Se empiezan a multiplicar los eclipses. ¿No viste que hay más eclipses últimamente? Luna verde, luna azul, luna roja… De todos los colores menos blanca. Los de Zárate fueron los primeros en darse cuenta…

Los zapatos de piel de tigre de Cristina Panteiro apuntan hacia los tacones de gamuza de Sonia. Sonia no podía pasar por alto esa amenaza metafórica, epidérmica, subliminal. Aprovecha que el perrito gruñe y pega tarascones para cambiar de tema:

–¿Cómo se llama?

–Tofu

–¿Tofu?

–Es blanco y chino, ¿que querés que le ponga, Morcilla?

Cristina Panteiro y los dos bailarines explotan en otra serie de carcajadas y nubes centelleantes. Sonia balbucea algunas ideas inconexas sobre un nuevo formato para el programa, el Tono Gutiérrez, el Rana, Alicia y la experiencia de caminar sobre brasas encendidas. Pero las palabras no alcanzaban a construir frases.

Cristina Panteiro se recupera entre los espasmos tardíos de la risa:

—Al Tono lo que le interesa es clase. ¿Querés estar en televisión? Lo único que cuenta es clase. Acá no van las crotas...

—Mi abuela jugaba al tenis con la hermana de Alicia Fortabat.

—Mirá, ni me lo tenés que decir: vos vivís en el Once.

—Barrio Norte.

—¿En dónde?

—En Pueyrredón y...

—Vivís en el Once!

—Pueyrredón y Pacheco de Melo.

—Vivís en el Once, mi amor, ¿de dónde sacás Barrio Norte?

—Pueyrredón y Pacheco de Melo es Barrio norte.

—Toda Pueyrredón es Once.

—¿Y vos dónde vivís?

—¿Qué importa? Yo no quiero estar en televisión. Yo a lo que apunto es al drama... DRAMA!... Drama en el sentido clásico de la palabra... Moliere, Merló, Saracine... ¿Cómo se llamaba el otro?...

Sonia ya no puede hablar. Esta vez Cristina Panteiro le agarra toda la mano y la atraviesa con la mirada:

—Te lo digo con onda, pero con el boquete ese en la cabeza y crota del Once; ni de promotora en Wilde...

La suelta, se abraza a los bailarines y sigue su camino. Parece todo parte de una coreografía. Cuando llega a la otra punta se da vuelta y haciendo un megáfono con las manos le grita a Sonia:

—*Merde!* —Y desaparece entre explosiones de talco y risas.

147

Sonia tiene la sensación de haber cometido un descuido incorregible. ¿Quién la había mandado a escribir *Pueyrredón*? Alguien le toca el hombro, "Podés entrar", y le señala la oficina del Tono Gutiérrez. Los fragmentos del vidrio prensado se oscurecieron con su propia sombra pero no se dio cuenta. ¿Quién la había mandado a escribir *Pueyrredón*? Si hubiera puesto Pacheco de Melo, no habría mentido... El edificio daba para ambos lados. O si al menos hubiera escrito Puey, así, corto, más fino... Pasaje Puey... Puey R. Don... Don R. Puey... ¿Cómo la iba a arreglar? ¿Qué le diría a Gutiérrez?

Con los muebles de caoba, los sillones de cuero y los ventanales que daban a los árboles de Gorriti, la oficina del Tono Gutierrez era una isla de humanidad dentro de la atmósfera clínica del canal. Gutiérrez está sentado del otro lado del escritorio. Unos pocos bucles teñidos (o desteñidos) de amarillo le cubren la cabeza como si fueran alambres de púa. Tiene la cara inflada por la gordura y el alcohol. La rosácea acentúa la impresión de que está a punto de estallar. Atrás, sobre los estantes de una biblioteca vacía, tiene una foto en blanco y negro de Carmen Barbieri y unas estatuillas doradas. En la pared opuesta hay doce pantallas de televisión, cada una sintonizada en otro programa: noticias en vivo, dos perspectivas diferentes del SK38, un grupo de cocodrilos rodeando una vaca, un par de pantallas con lluvia de interferencias, un galán seduciendo a una mucama, un programa de preguntas y respuestas (*¿CUÁNTOS PEDALES TIENE UN PIANO DE COLA?*), una publicidad de dentífrico, un cocinero fileteando un lomo, un dibujo animado japonés, un primer plano de una escena pornográfica. Esa parecía estar ahí solo por gusto. Sonia no podía decir si Gutiérrez la estaba mirando a ella o a las pantallas. Gutiérrez va y viene contra el escritorio jugando con las ruedas del sillón. Sí, la está mirando a ella, la está estudiando pero no dice nada. Sonia tiene la necesidad casi biológica de cortar el silencio pero hace el esfuerzo de quedarse callada.

Gutiérrez corre el sillón, se levanta y se acerca. Se mueve y respira con dificultad. En ese cuerpo se acumulan varias enfermedades:

148

—¿Dice Alejandra que te manda el Rana?

Gutiérrez le camina alrededor y Sonia también gira, en el mismo sentido, tratando de mantener la distancia y el ángulo que mejor disimula el chancro.

—¿Sabés lo que veo?

—…

—Como un tono verde… azul.

—Debe ser el reflejo de los árboles.

—¿Y los ganglios?

—¿Qué ganglio?

—Está como inflamado.

—La terapia, seguramente.

Gutiérrez la detiene con ambos brazos y la estudia con los ojos entrecerrados. Toma distancia. Ella se endereza como si fuera una estatua recién terminada.

—Tenés una cara como de vanguardia, moderna.

—¿Y eso es bueno?

—No es ni bueno ni malo. Pero estamos buscando una cara más contemporánea…

—El Rana había dicho que estaban buscando a alguien como yo.

—No. Estamos buscando una cara más contemporánea. Está subiendo mucho la noticia ahora y…

—Contemporánea…

—Contemporánea.

A Sonia la impacienta el giro que está tomando la conversación. Da un paso hacia Gutiérrez, lo agarra de la nuca y le incrusta la cabeza entre sus pechos. Gutiérrez queda atrapado como un conejo.

—Respirá fuerte. Respirá. Decime si no sentís como un aire contemporáneo… ¿Algo así estás buscando?

Gutiérrez logra zafarse y toma distancia. Parece no solo haber respirado nuevos aires sino además haber encontrado una imprevista inspiración:

—No hay que aspirar a la fama. Cuando estás inmersa en el estruendo de la fama es como estar sentada en la primera fila del cine: supuestamente estás más cerca de la acción pero los ojos te quedan como dos huevos fritos... Créeme que la fama enceguece, cansa. Se siente la soledad... y ¿sabés qué?, después que pasa, y solo dura un ratito, así sean años, todo lo que te queda de vida es un mero eco de ese fogonazo... y así envejecés, como un eco de vos misma... Mirá que yo vi pasar gente. No hay que aspirar a la fama. No hay peor forma de éxito que la fama... No hay peor recompensa que el éxito.

Gutiérrez se vuelve al sillón. Se sienta, triunfal, casi sin aire. A Sonia le toma un segundo reaccionar pero finalmente lo sigue, rodea la mesa, se sienta sobre el escritorio y apoya la punta del zapato entre las piernas de Gutiérrez:

—Yo hice cábala en el triángulo de las Bermudas, hice meditación cuántica, ciclismo espiritual, neuropilates, masaje tolteca, coaching ontológico. Caminé sobre las brasas!!... A la chota de la Panteiro que me grita *Merde* desde la otra punta del pasillo todos le hacen reverencia y le acarician la ratita como si fueran los rollos del mar negro... Todo al revés. Me dice *Merde* pero en realidad es una forma fina de mandarte a la mierda.

—Merd!

—Merde.

—Merd... En francés la *e* al final no se pronuncia.

—No te desean suerte, te desean mierda...

—La *Merd* puede traer buena suerte...

—Soñar con *Merd* puede traer buena suerte... que te la tiren en la cara cuando estás despierta...

En las pantallas el Socotroco avanza, un tigre le pega zarpazos a un antílope en plena carrera, una pregunta se prende sobre la cabeza de un concursante: *¿QUÉ DISTANCIA, EN KILOMETROS, SE RECORRE EN UN MARATON?* Sonia hunde un poco más la punta del zapato. Gutiérrez trata de levantarse pero ella no le deja margen de acción.

—A mí los hombres me dicen que les traigo problemas. Me imagino que usted no quiere problemas.

—Creeme, yo ya tengo suficientes problemas.

—Quiero estar en televisión. ¿Me vas a dar el programa?

—Primero, no sé de qué programa hablás. Segundo; ese es el tema: querés estar en televisión pero no querés meter la cabeza en el aparato... Querés aparecer en más de una a la vez.

—¿Me estás hablando en serio?

—Mirá, vos tenés el *esprit de corps* pero te falta el *physique du rôl.* Vos que sabés francés me tenés que entender...

—Diez años con Marina Garibaldi!

—Nosotros ya estamos con la cabeza en el verano y todo se está moviendo a la costa. Ahora estamos, además, con el tema del Socotroco —señala hacia las pantallas—. Ni sabemos cómo andamos en el *rating*. La gente quiere noticias.

—¿Y? Yo puedo dar las noticias!

—Por eso te digo... Estamos buscando una cara más actual...

—¡No podés hacerme esto!

—Dejale tu información a Alejandra. Si aparece algo te llamamos...

Sonia empuja el sillón con tanta fuerza contra la pared que Gutiérrez rebota contra el respaldo. Intenta levantarse, alcanzar el teléfono, pero ella lo vuelve a atajar con el zapato entre las piernas:

—¿Vos sabías que descubrieron neuronas en los testículos?... Hay tantas conexiones de neuronas en las pelotas de un hombre como en el cerebro de una marsopa... No son muchas, como cinco, seis neuronas pero se conectan... algo piensan!... hay un pequeño cerebro en las pelotas, ¡Decime! ¡Decime qué pensás!... –Aprieta todavía más– ¡Decime qué pensás! ¡Decime qué pensaaas!

A Gutiérrez le corren las gotas de transpiración. Se lanza gritando hacia el teléfono. Sonia le cae con una rodilla encima, él alcanza a manotear el tubo que sale volando pero lo atrapa por el cable. Ella lo agarra de la corbata y tira:

–Gritá que te hago un nudo con las cuerdas vocales. Ya quisieras tener una mina como yo, pusilánime de mierda Gutiérrez la reconcha de tu reputísima madre. ¡Decime!... ¡Decime qué pensás!

Dos guardas de seguridad entran casi rompiendo las puertas de la oficina y la agarran a Sonia de los brazos. Ella resiste con las piernas, patea carpetas y papeles en el aire:

–Sueltenmé gronchos del orto. ¿Vos sabés los años de coaching ontológico que tengo yo hijo de remil puta... Los años de meditación en Soler?!!

Gutiérrez se sacude en convulsiones. Produce un sonido que no se define entre un grito de guerra y un último estertor:

–Ahhhhgh...

Tres personas entran a rescatarlo. Los guardas sacan a Sonia al pasillo y la arrastran a grito pelado:

–Sí, gritá... gritá como un marrano... Gritá que te hace bien... vas a caminar vos sobre las brasas... Turro!... Gritá!!!! ¿Vos querés saber cómo andan en el *rating*? Andan como el ooooorto...

Sonia ve pasar las escaleras dadas vuelta, los pasillos invertidos, las caras y los murmullos de la gente, aparece la entrada al revés, y de nuevo la calle. Gorriti. Los árboles. Los restaurantes. Llovía y ella siente que es la realidad que se quebró en mil astillas. Cada gota le penetra las vísceras y las entrañas, se le clava en el alma. Desde los restaurantes todos la miran suspendidos, pedazos de rúcula a medio masticar acechan desde sus bocas entreabiertas. Sonia ve el arma en la cintura de un guarda y visualiza cada uno de los pasos que harían falta para arrebatársela y dispararle. Un gesto que tiene tanto sentido no puede ser criminal. Contaba con la energía suficiente. Podría dispararle a los dos. Entre los ojos. Dos pájaros de un tiro. Y podría entrar y ponerle el sello primero a la Panteiro y después a Gutiérrez. No era forma de terminar una entrevista. Todos los pájaros de un tiro. Pero no pudo hacer nada. Cuando los guardas la soltaron, la empujaron de una patada que la hizo tropezar y se le quebró un zapato.

Bajo la lluvia, Sonia corre descalza de un lado para el otro, tratando de parar un taxi y amenazando a los guardas con la punta de un taco-aguja:

—Soretes… a veinte metros! A veinte metros… me quieren empantanar la cancha ya van a ver… van a venir arrastrándose… peregrinación de rodilla… los voy a hacer reventar como sapos, hijosdeputa sigan así que nunca sabés por dónde te sale la culata. En el sentido clásico de la palabra… ¡Qué país de mierda! ¿Y ahora se larga a llover?

Pasan dos taxis por Ravignani, la salpican pero no paran. El agua le va corriendo el maquillaje. Todo el rostro se va deshaciendo como la superficie aceitosa de un río contaminado. La lluvia empieza a caer torrencialmente y el escándalo del agua termina sofocando los gritos. Un relámpago enciende el día y la encandila por un segundo, casi revelando el esqueleto. Finalmente un taxi se detiene. Sonia se zambulle. Le lleva varias contorsiones incorporase en el asiento. Los limpiaparabrisas no alcanzan a sacar el agua. El taxista, un pelado de bigotes, primero la mira por el espejito pero después, incrédulo, se da vuelta para entender lo que está viendo.

Sonia lo apura con el gesto:

—Mirá para adelante! Manejá! Pueyrredón y Pacheco de Melo. Con la palabra en la boca. Me dejó con la palabra en la boca. Como los perros… todo es una suerte al azar… Ya salió el auto del año que viene y a mí no me para un taxi… Todo al revés, si te imponés te tildan de trepadora y no llegás a ningún lado y si lo dejás a la suerte no pasa nada. Todo al revés. Ahora si ellas se imponen trepan, y si no se imponen, es más si se quedan encerradas en la casa, las descubren de casualidad y saltan como la revelación del año. Y si fracasan se reinventan. ¿Qué problema? Yo también me quiero reinventar... por lo menos una vez, pero en algo que tenga éxito la concha de la lora... no en otras formas de fracasar... Ahora si las hijas de puta fracasan... haaaa... fracasos de la puta madre!... Pierden millones, terminan locas en un centro de rehabilitación y después te escriben un libro sobre la luz al final del túnel y toda la parafundalia... Si no me tomo las pastillas yo también me voy por los caños. Por un lado dicen que no pienses en la fama y por otro que si no la visualizas nunca la vas a alcanzar. Y después Gutiérrez te dice que lo mejor que podés hacer es evitarla. Todo al revés. Si ellas no hacen nada resulta que crean una moda nueva, ahora si a mí se me ocurre innovar me tildan de querer reinventar el retro. Ellas matan dos pájaros de un tiro... y yo no agarro una gallina!

A pesar de las calles anegadas, el taxista acelera y frena, se sube al cordón y a veces hasta a la vereda. Se mete entre los autos como si manejara una moto. Del espejito cuelga una virgen de Lujan que salta de un lado para el otro. A medida que se va acercando al centro, el tráfico se vuelve más y más denso. En Paraguay y Anchorena un camión de entregas mete la trompa y se le adelanta pero después anda a paso de tortuga y no lo deja pasar.

–Tocale bocina! Y además tiene el cartel de "¿cómo manejo?" Mirá: "¿CÓMO MANEJO?". Andá decile como maneja. Te digo yo; todo al revés... todos se apuran para pasarme y una vez que me dejaron atrás les viene el coma místico... el único apuro es el de estar adelante mío; y los que vienen atrás me culpan a mí por andar despacio. Estamos en setiembre y ya salió el auto del año que viene la puta que te parió. Ni siquiera sé en qué año estamos y hasta los aztecas, que no tenían reloj, tenían calendario. Todo al revés.

El taxista la mira por el espejito y se limita a mover mínimamente el bigote. El embotellamiento y la lluvia lo terminan por frenar casi llegando a Pueyrredón. Pero el reloj sigue marcando y las bocinas crecen como una jungla de alaridos...

–Todo al revés. ¿Nos vamos a quedar a vivir acá? Cuando esperás el tren no viene nunca ahora si estás en auto las barreras están siempre bajas. ¿Me lo podés explicar? ¿Y yo siempre del lado del semáforo en rojo? Todos agarran la onda verde y yo atascada en el mismo semáforo y atrás de este boludo. Decile cómo maneja. Dale llamá, 800-444-3939, llamá y decile cómo maneja... te lo digo yo: como la mierda, decile, ¿vos querés saber cómo manejás?... manejás como la mierda! Ni empédocles salís de este matete... las dagor que tienen son más feas que un cuco gordas patas de tero bestias peludas... la sensualidad de un volquete tienen. Todo. Al final está todo ocupado por viejas chotas con cara de mampostería o por pendejas hijas de puta que todavía ni le salieron pelos y ya tienen cara de chupapija. Fijate en el Photoshop. Y después resulta que la mina que te afana el bolo tiene una poronga de medio metro. Siempre hay un muerto para un descocido. ¡Maldita Buenos Aires! Aires de Mierda. Contra la malaria de esta ciudad no hay vacuna que aguante... ¡País de mierda! No se mueve nadie! Andá, decile cómo maneja! La otra chota de Panteiro no hace un carajo y se pasea con la mierdita y todos le hacen reverencia y se lo acarician como si fueran los rollos del mar negro... un día se va a quedar seca... Tofu... con el aroma del Cairo que tiene le tendría que haber puesto Tufo... y a ella también que suda como un pollo la conchuda hasta los pelos del culo se debe teñir de rubio. Se debe secar el ojete con un hisopo...

Finalmente, esa última imagen terminó por despertar la curiosidad del taxista:

–¿Y eso qué quiere decir?

–¿Y qué sé yo?... que se lo meta en el culo la concha de su hermana! Sangre de órdago le debe salir...

Y sin terminar la frase Sonia abre la puerta y se va. Cuando el taxista reacciona solo ve el atisbo de una pierna en movimiento. Vuelve a mirar el reloj. Vuelve a buscar la pierna:

–¿Adónde te vas? ¡Pagame hijadeputaaaa!

Mira para todos los costados y ya no la ve. Sale del auto, se queda parado en el estribo, un brazo en el marco de la puerta y otro en el techo del auto. Pero ya no está. Desapareció en el tumulto, bajo la lluvia. Se vuelve a sentar, cierra la puerta, le da una trompada al volante y se pega a la bocina que suma otra letanía gangosa al estruendo general.

Sonia corre. Corre. Sigue por Laprida hasta que ya no puede más y dobla en Charcas hasta Pueyrredón. Avanza por Pueyrredón, desbaratándose, como si todo se le cayera de las manos. Pero no tiene nada en las manos. La avenida está tapada de autos y a pesar de los bocinazos que recargan la atmósfera, mira a través de las ventanillas empañadas y se da cuenta que están abandonados. Por un momento deja de llover. Unas pocas personas, rezagadas, corren en sentido contrario. Una familia, todos cubiertos por trajes anti-radiación y máscaras de gas, cruza la avenida. El más chico, de unos cinco años, lleva de la correa a un perro vestido con una campera inflable. Hay otros perros que andan en jaurías, ladran como enloquecidos, aúllan, como si hubiera reaparecido en ellos el salvajismo atávico. Una enfermera pasa corriendo con un monito en brazos. Tres policías de a caballo trotan entre los autos como si buscaran a alguien. Sonia no hace caso, solo piensa en llegar al botiquín lo antes posible. Tomar las pastillas. Respirar. Los textos sobre los ventanales de los bares y las tiendas de ropa se proyectan en escorzo sobre la vereda empapada. Con cada paso, ella quiebra la superficie del agua y hace estallar las letras en una infinidad de distorsiones. Había una incoherencia insalvable entre el chapoteo atropellado con que avanzaba por la calle y la fluidez sorda con que se reflejaba en las vidrieras; reflejos de silencio subacuático, reflejos desfigurados por el movimiento y las aberraciones de los espejos: el chancro abriéndose como un agujero negro que lo absorbe todo, los ganglios dilatándose, lenguas de baba anamórfica, pústulas glaucas en carne viva estilizada por la inercia de los colores. Sonia evita mirar los números montados en bronce sobre el mármol pero no puede dejar de sentir el asedio de esas presencias, como si avanzara por los callejones de un cementerio: Pueyrredón 1443, 1445, 1487, 1501... Pisa una baldosa floja y recibe una larga escupida de barro. Hay cada vez menos baldosas hasta que, unos pocos metros más adelante, entre escombros aislados, la vereda deja al descubierto el barro interior. Sonia lo sabe: ese lodo no contiene solo tierra y agua, también se nutre de pequeños arroyos de mierda destilada. Avanza de todas maneras. Tiene la sensación de caminar sobre un terreno cada vez más empantanado y se da cuenta, tarde, que llegó a ese punto decisivo en que tiene más sentido terminar de enlodarse que volver para atrás. *Merde*!

Una montaña de bolsas de consorcio mantiene abierta la puerta del edificio. Los ascensores no funcionan. A medida que Sonia sube por las escaleras va dejando charquitos de barro. Presiente que el edificio entero está vacío: tiembla diferente, resuena sin la resistencia de otros cuerpos. Hay puertas que quedaron abiertas, botellas, manubrios, basura, mensajes escritos en kétchup, restos de una estampida reciente. Cuando pasa por el quinto piso intuye, sin embargo, que Alicia no se fue. La puerta está cerrada pero cree percibir, por una rendija de luz, el espectro de una agitación. Vacila por un segundo pero no deja de subir. Llega al sexto. Abre la puerta y camina por el comedor prestando atención solo a los metros que la separan del botiquín. Entra al baño y como un pez fuera del agua pega aletazos desesperados, tira remedios, cajitas y polveras buscando las pastillas. Cuando finalmente las encuentra, las toma directamente del frasco, contándolas con la lengua y tragándolas sin agua. Cierra los ojos y espera el efecto acompañando mentalmente la circulación de la sangre. Como si hubiera pasado una vida sin poder respirar absorbe una bocanada infinita de aire y abre los ojos esperando verse en los espejos. Las tres puertitas del botiquín, sin embargo, habían quedado abiertas en tres ángulos diferentes y ninguno la reflejaba. Sonia exhala todo el aire que había aspirado y se paraliza en una sonrisa grotesca que se va transformando en un puchero sin sonido ni movimiento. Vuelve a cerrar los ojos y finalmente revienta en un largo llanto desconsolado.

Ni ella sabe cuánto tiempo pasó llorando pero entre dos gemidos cree escuchar el retumbar de golpes y gritos. Intenta mantenerse en silencio por un momento y lo distingue con claridad; es Alicia, en el piso de abajo, que grita y golpea la puerta del ascensor:

—Ascensoooooor!!! Ascensooooor!

Sonia baja corriendo, repitiendo el nombre en cada escalón… *¿Alicia?!… ¿Alicia?!… ¿Alicia?…* Alicia está en el pasillo con una mochila en la espalda. Sonia se lanza para abrazarla pero se frena:

—¿Vos también te vas?

—¡¿Sonia?! ¿Qué te pasó?!

—Están los dos abajo. No te podés ir. ¿Adónde vas?

Alicia vuelve al departamento y se mete en la cocina. Sonia camina como hipnotizada y sale al balcón. Desde el quinto, la vista del pulmón de manzana era casi la misma que desde el sexto; pero ese desplazamiento mínimo, casi imperceptible, se le hacía inmenso. Por un momento Sonia considera tirarse aunque más como un problema abstracto que como una posibilidad real.

Alicia vuelve con dos tazas de café:

—¿Y Gutiérrez…

—¿Me das un cigarrillo?

—¿Querés que te mate?

—¿Quién te va a acusar de matarme?… Sería más como una muerte asistida…

Alicia le alcanza un cigarrillo y se agarra otro para ella:

—Sos increíble.

Sonia no responde. Lo prende y pita a fondo.

—Increíble… pero no de fantástica, sino porque no te puedo creer.

—Deberías creer un poco más —Sonia libera el humo lentamente.

Por un rato largo dejan de hablar. Miran los edificios vacíos. Las envuelve el ritmo de la llovizna, las terrazas bajas, las bocinas, el ladrido de los perros, los chillidos de los loros que se desbandan sin coherencia en diseños caóticos.

—¿Y Gutiérrez?

—¿A vos te parece que yo tengo una cara antigua?

—Para nada! ¡Vos sos la cara del futuro!

—Dice que están buscando una cara más contemporánea…

Alicia tira el cigarrillo en el café, corre la taza y se acerca a Sonia:

—Me estoy yendo a Córdoba. ¿Por qué no venís conmigo?

—Quiero matar por lo menos un pájaro de un tiro!… herirlo aunque sea… te juro que si lo agarro lo ahorco… quiero verlo escupir sangre del piquito…

—Me estoy yendo a Córdoba. ¿Me oís?

—Siempre quise saber qué se siente tirarse de un balcón. ¡No para suicidarme!… solo para ver qué se siente.

—¿Y qué se va a sentir?… que te haces mermelada contra el piso.

—…

—Me voy a Córdoba.

—Te escuché…

—¿Por qué no vamos juntas?

—¿Y qué voy a hacer ahí?

—No es una secta. Cuando conozcas a Basilio no te vas a hacer más esa pregunta. Cuando lo veas, todas las piezas van a hacer clic… todo va a tener sentido…

Sonia se acuerda de la ventanita en la puerta de Gutiérrez. El rompecabezas en blanco. No lo conoce a Basilio pero se lo imagina como la sombra que debía proyectarse hacia el fragmento. ¿Era esa la sombra que iba a dar sentido a su destino? ¿Era ese su destino?

—Vos también deberías creer un poco más. Basilio puede hacer milagros. La gente dice *Uy, los tienen encerrados, es una secta* pero

159

nada que ver!… no se van porque no quieren… Los que se están escapando son los que están acá… los que están allá no se van a ningún lado: ya llegaron ¿Cómo se van a ir? Dicen que Basilio es como el Jesucristo de la Pampa de Achala, la verdad de la milanesa.

–¿Pero no eras budista vos?

–Budista budista lo que se dice budista… Pero hay de todo… budistas, católicos, protestantes, hay futbolistas, ateos, bahai… hay políticos, modelos, una locutora de radio… ¿Cómo se llamaba? Borlan… Lerbante… era con B… En algún lado hay una B… ¡Hay más de trescientas personas! Aparte… el espíritu es uno solo… o tres, dependiendo…

Sonia da una última pitada, deja caer la colilla hacia el patio del portero y la observa hasta que choca contra la losa. Incluso a la distancia puede ver la brasita que se apaga al contacto con el agua. Agarrada de la baranda, Sonia sintió, otra vez, como si hubiera tropezado consigo misma, como si ese cambio mínimo de perspectiva, entre el sexto y el quinto, hubiera sido el resultado de un temblor no de la tierra sino de la realidad, una falla invisible que lo afectaba todo. En la foto de la revista, Zoe Zepeda está parada en punta de pie sobre la baranda de un balcón, con los brazos abiertos a doble página, mirando el panorama de una ciudad europea. No, nunca podría haber sido el registro de un suicidio; era una bailarina, en la plenitud de su vaporosidad, a punto de lanzarse hacia la consagración.

Sonia sintió que también había llegado su momento. Cerró los ojos y apoyándose contra la baranda, desplegó los brazos y respiró hondo:

–Alicia.

–¿Qué?

–¿Y cómo llegamos a Córdoba?

–En una hora sale un micro desde el Automóvil Club.

Caminaron por Pueyrredón hasta Las Heras y salieron por Pereyra Alucena a Libertador. Del otro lado de la avenida la ciudad se abre generosa, se extienden los bosques de Palermo y se anticipa el aire de la costanera. Como atraídas por el río cruzan Libertador y caminan hacia el monumento: un arquero en máxima tensión, a punto de lanzar una flecha inexistente. Se sientan contra el pedestal. El día tiene algo de la pesadez crepuscular de los domingos. En la mente de Sonia el viaje ya había comenzado y como si se despidiera de Buenos Aires, observa los parques que la rodean, los autos que cruzan a contramano, las luces que se proyectan desde las ventanas de los edificios. Todos los semáforos titilan en amarillo. Para quien no siguió desde la mañana el transcurrir de las horas, sería difícil saber si se trata de una madrugada rayando en el amanecer o de una noche que cae prematura. Desde algún lado llega la transmisión radial de un partido de fútbol. Se adivina, a pesar de la distancia y las interferencias, el entusiasmo monótono del relator, la excitación y el rumor de las tribunas. Sonia no puede contener las ganas de orinar, se aleja unos pasos y de cuclillas descarga la vejiga sobre el pasto. El chorro, espeso como aceite de motor, golpea contra la tierra y desintegra toda materia a su paso. Sonia siente el vapor caliente que le sube entre las piernas.

–¿Estás marcando territorio?

–Ustedes las sicólogas siempre con lo mismo. Estoy meando nada más.

–La vas a extrañar.

–¿A quién?

–A Buenos Aires.

Sonia no responde; se concentra en las últimas gotas. Se acomoda la ropa y vuelve a sentarse contra el pedestal:

–¿Y vos?

–¿Qué?

–¿La vas a extrañar?

—Yo no tengo sentimientos. Es un aprendizaje constante. Hay que deshacerse del Yo. Es la única manera de terminar con el ciclo del sufrimiento.

—Yo terminé con el ciclo del sufrimiento la semana pasada.

Alicia tarda un segundo pero cuando finalmente entiende el chiste se deshace en una carcajada.

Ríen las dos.

—Vos te reís, pero si dios fuera mujer nunca asociarían la sangre con el vino…

—A mi me gusta menstruar… es tan español… tan de corrida de toros… —Sonia se incorpora, se vuelve a acomodar la ropa, y se acerca al cordón.

Alicia se levanta y la sigue:

—Llegó el micro… Mirá la chapa: 173424. Siete más tres diez, cuatro y cuatro, ocho, más dos diez: veintiuno: dos y uno: tres. Tres! ¿Te dice algo? Todo se da en tres, la tercera es la vencida, el triángulo… el símbolo de Jehová y la Santísima Trinidad, el Padre, el Hijo y el Espíritu Santo. ¿No sentís la presencia del Espíritu?

—Todavía no…

—¿Viste cuando sentís que un lugar te espera? Esta vez vamos a encontrar nuestro lugar!

El rostro de Sonia vacila bajo un farol que se prende y se apaga, las células fotoeléctricas confundidas por la luz indefinible de la tarde.

—Que Dios te escuche…

CAPÍTULO
9

PAMPA DE ACHALA

Eran catorce los que bajaron del micro. Fueron en pequeños grupos, desde Villa Benegas, por el viejo camino de ripio de las altas cumbres. Sonia y Alicia iban adelante con un ex-boxeador de Liniers y la novia, que había sido monja. Igual, por la neblina, todos se mantenían cerca. Las nubes estaban deshilachadas y sucias. Por el curso serpenteante que bordea el río Hondo vieron a dos personas que gemían en el suelo y aunque tenían unos cortes profundos en los hombros y los brazos no se podía distinguir si gemían o se reían a carcajadas, si deliraban por el dolor o alucinaban por alguna droga. Intentaron hablarles pero no les respondieron. Finalmente, después de cruzar quebradas y vadear arroyos alcanzaron la planicie rocosa de la Pampa de Achala.

De los tres o cuatro que iban atrás, el más joven, con el celular en la mano, gritó:

—¡No hay Internet!

—¿No tenés la boca seca?

—No llegamos… no llegamos más…

El ex-boxeador, en cuestión de horas se había transformado en baqueano:

—Ojo con la yarará ñata que no hay antídoto…

Entre los matorrales y los tallos de ortigas, Sonia y Alicia avanzaban esquivando las piedras. La mujer que andaba con el boxeador, a todo le encontraba un sentido religioso:

—Obstáculos que pone la Providencia…

–… para ponernos a prueba.

–A algunos les pone una yarará a otros les pondrá otra cosa.

Una señora que ya no estaba para esos trotes se sentó un rato sobre una roca:

–No me traje el Lopressor.

–Ponele onda, tía…

–Dale que ya llegamos.

–Atenti a las rocas… –Insiste el boxeador.

–No llegamos más…

–Vamos bien… Mientras subamos vamos bien…

Entre los amigos ayudaron a la señora a levantarse y retomaron el camino.

–… si tiene agua

–¿Quién?

–Que si tienen agua…

–Para la señora…

–Ya llegamos… ya llegamos…

–Se siente la energía.

El colombiano que caminaba cerca de Sonia y Alicia, apuró el paso para que su intervención pareciera más natural:

–Lugares energéticos… Hay que saber reconocerlos. Yo estuve en un templo en Bután… absoluta la energía… había un lama que te ponía la piel de gallina, se nos caían las baterías de las cámaras sobre un Mandala de cómo tiraba… Presenciar ese tipo de cosas te enriquece.

El boxeador había arrancado unas hojas de ortiga y las olía:

–Para allá… hacia Piedra de la tortuga… –Acercó las hojas a la nariz de la novia– Mirá, olé… –Se la hizo oler a Sonia.

–¿Una ortiga azul?

–¿Cómo azul?

–¿No te estarás volviendo ciega vos?

–Daltónica querrás decir...

–Dicen que Basilio hace milagros...

–Milagros!

–Obstáculos que pone la Providencia...

Después de un rato, la señora se volvió a sentar. Como no había rocas, se sentó en el suelo:

–Me olvidé el Dilacor también... ¿podés creer?

Le dieron algo de agua, la ayudaron entre dos y al rato pudo avanzar con los demás.

La neblina había reducido la visibilidad a tal punto que recién vieron el campamento cuando lo tuvieron a cien metros. El anfiteatro, cortado en la roca, mirando hacia el paisaje inmaterial de Traslasierra, se desplegó ante ellos como una alucinación. Sin embargo, los restos de basura que se arremolinaban, los perros que habían salido a ladrar, las gallinas desplumadas y los banderines destrozados por el viento deslucían ese espejismo. A medida que se fueron acercando, se comenzó a definir el contorno de las cosas, la textura de las piedras, los senderos que conectaban las estructuras precarias. De la nada, aparecieron seis mujeres: una rubia alta y lánguida, una negra de canas gruesas y ojos verdes, una petisa de perfil indígena, una anciana con aire de bibliotecaria, una adolescente atlética y otra, rolliza, de rasgos andróginos. Más allá de reunir los tamaños, las caras y los estilos más dispares, compartían un sentido de propósito, una misión colectiva que se concentraba en la mirada: todas tenían una misma mirada impasible pero cargada de entusiasmo.

Las mujeres los abrazaron uno por uno. Había algo de gravedad en ese recibimiento; como si ellas estuvieran convencidas que se trataba de un encuentro de dos civilizaciones, de un evento mítico donde cada gesto tenía una carga histórica y debía ser cuidadosamente ejecutado. La negra canosa, que parecía ejercer alguna autoridad, se quedó abrazada un largo tiempo a Sonia:

—Basilio quiere que te dé la bienvenida. Los va a bendecir a la noche. Llegaste en hora buena! —Le susurra— Estamos listos para la nebulización! Mañana es el día. Mañana… es el día… —Al soltarla, le pasa un dedo a lo largo de la columna vertebral.

Por un momento Sonia se sintió bienvenida, seducida, consagrada por una estirpe a la que ahora pertenecía; sintió que con aquella simple caricia, esa mujer la había señalado… o quizá, la había dejado marcada para que la eligiera un ser superior. Vio que las otras mujeres hacían lo mismo con el boxeador y la novia, el colombiano, los muchachos, la señora, y ellos también reaccionaban como si una llave secreta les hubiera abierto las puertas del paraíso.

—Basilio quiere que te dé la bienvenida. Los va a bendecir a la noche. Llegaste en hora buena! Estamos listos para la nebulización! Mañana es el día…

¿La nebulización? Sonia busca la mirada de Alicia pero ella aprieta los ojos y respira hondo, como si degustara el aire puro de las alturas. Ahora las veía, Sonia, a las mujeres; esas miradas estaban en armonía con el paisaje pero también eran miradas perdidas. Estaban cargadas de entusiasmo y de intención, pero también delataban una sombra de desaliento. A medida que se acercaban a un galpón en construcción, unas veinte personas se les fueron sumando. Todos tenían la misma mirada de entusiasmo desorientado y caminaban con el mismo ritmo, peleándose por ofrecerles agua, y repetían, como un mantra, "En hora buena!", "En hora buena!". Algunos chicos también se habían acercado y les cortaban el paso oliéndolos y acariciándoles las ropas.

—En hora buena… En hora buena…

La negra canosa los hizo pasar entre unas bolsas de cemento, por debajo de unos puntales. Adentro, unos perros se ocupaban de limpiar restos de comida que habían quedado sobre unas mesas. El zumbido de las moscas reverberaba en todo el galpón. En un altar todavía sin revocar, se erguía un Jesús de mármol desteñido. Los reflejos del sol sesgaban el aire y caían sobre su cuerpo dándole un resplandor todavía más celestial. Tenía los brazos abiertos pero le faltaba la cruz, por eso lo habían dejado inclinado contra una tapia. Un pie estaba hecho trizas y esa misma pierna, fracturada en varias secciones, había sido restaurada con tornillos que quedaron a la vista. En el dorso de las manos y el empeine se ven los orificios oxidados que dejaron los clavos. Todo el cuerpo está visceralmente herido. En algunas partes, las laceraciones coinciden con las grietas en el mármol, como si la violencia hubiera sido tal que logró traspasar la ilusión de la pintura y vulnerar la realidad de la piedra. Es la primera vez que Sonia ve un Cristo sin el paño. La anatomía del pijastro está minuciosamente tallada. Era, ciertamente, una poronga arquetípica; exactamente el tipo de miembro que uno pensaría que tendría Dios si fuera su propia encarnación en la tierra. Sonia pasa una mano por una pierna, apreciando la superficie lustrosa y asimila las vetas del mármol a las arborescencias de la grasa. No solo la ortiga, todo había adquirido un tinte azulado, y los zumbidos de las moscas los sentía en el cuerpo como partículas vibrátiles, amarillas, en un mar de mercurio.

Cuando el boxeador le habló, se sobresaltó:

–Un hombre de carne y hueso! Mejor dicho... Carne, hueso y tornillo... Ojo que yo también tengo un clavo en el fémur –hace el recorrido con el dedo– Una fractura vieja... Después de una cosa así ya no te plantas igual en el ring...

Sonia responde aunque no lo había escuchado:

–¿Por qué será que la llaman *La Chacra*?

–¿No viste las gallinas? Así desplumadas y todo ponen casi doscientos huevos por año. Pero mirá las vueltas que da la vida, no? Si hubiera...

La negra canosa los interrumpe. Les reparte nebulizadores portátiles, unas sogas de cáñamo y les señala una asadera con empanadas fritas y una damajuana por la mitad:

–El vino está un poco caliente y las empanadas medio frías... pero se dejan comer.

167

Sonia agarra una. Se toma un momento para reconocer todos los sabores. Pregunta con la boca todavía llena:

—¿Viernes empanadas de carne?

—Hoy es lunes… mañana es el día…

—¿No estamos en Vigilia?

—La cuaresma terminó hace cinco meses. Aparte… en Córdoba, el cuerpo y la sangre de Cristo se representan con la empanada y el vino… A Basilio no le importa de qué sean las empanadas mientras tengan aceituna, no le importa de qué marca sea el vino mientras sea de Calamuchita… Están sacando muy buenos…

La anciana con cara de bibliotecaria interrumpe:

—¡La Mendoza de Córdoba!

Sonia mastica y traga:

—¿Y por qué la llaman la Chacra?

La negra, que ya había empezado a retirarse, rehace los pasos y sonríe, como si hubiera estado esperando esa pregunta:

—Esa es la Chakra —Señala hacia el anfiteatro a través de dos durmientes— Chakra. Con "k".

—¿Con "k"?

—Basilio percibió ahí un centro de energía inagotable. ¿Lo sienten? —La negra estira los brazos y cierra los ojos para sentir mejor las vibraciones— No hay lugar más energético en toda la sierra…

El colombiano estira los brazos y asiente:

—¡Hay tensión!

Alicia se asoma por el vano de una ventana sin instalar, y también estira los brazos. Mira embelesada hacia el valle.

Un cóndor cruza el cielo.

—¡Qué país generoso! —Alicia busca la mano de Sonia y se la agarra.

Sonia le habla bajo:

—Me habías dicho que no era una secta.

168

–¿Quién?

–Hablá más bajo! Vos ¿Quién va a ser? Me dijiste que no era una secta.

–¿Y?

–¿Cómo y?

–¿Qué?

–Es una secta!

–Ahora sos vos la que grita…

–No estoy gritando…

–No es una secta.

–Tiene toda la pinta de una secta.

–Nada que ver.

–¿Vos le viste los ojos a la gente? ¿Les viste la mirada?

–¡¿Qué paz, no?!

–Están como idos…

–¿Cuándo fue la última vez que te recibieron así?

–Nunca me recibieron así. Nadie nunca me recibió así. Nadie recibe así a nadie.

–Por eso te digo! Es gente maravillosa… De acá! –Se golpea entre los pechos con un dedo– Y dicen que llegamos en buena hora!

–¿Y eso qué quiere decir? –Sonia se saca un resto de empanada de la comisura de los labios– ¿En buena hora para qué?

–No sé… pero se siente la energía… –Lo mira al colombiano– ¿Se siente, no?

***

Durante la siesta, una serie de imágenes fueron poblando, como en un montaje alucinado, el sueño pesado y viscoso de Sonia. Las vetas del mármol. Las arborescencias del tejido adiposo. La estatua de

Jesús esculpida en grasa. El cuerpo atravesado por rayos X. Tornillos de titanio incrustados en los huesos. Las radiografías se suceden creando un efecto cinematográfico: los tornillos crecen y se ramifican, Cristo corre, grita, sufre, boquea como en un último estertor; se asfixia. Su cara aparece cubierta por un nebulizador, pero un nebulizador que lo asfixia. Y la asfixia contamina todos los rincones del sueño. Las seis mujeres sonríen despreocupadas y la sonrisa es también una carcajada satánica y sus miradas perdidas revelan la verdadera dimensión de una tragedia. El campamento también aparece en el sueño; aparece como un recinto ceremonial, una comunidad espiritual, un pueblo en construcción, pero imperceptiblemente va revelando su dimensión de leprosario, de perrera abandonada, de ciudadela de postguerra, de lupanar apocalíptico en un peñasco desierto donde falta el aire y los sobrevivientes roen las costillas podridas de sacrificios humanos y se arrastran con muñones petrificados por los lechos estériles de antiguos ríos de sangre. El ruido seco de los cuerpos contra el polvo intensifica la asfixia hasta que la falta de aire deja de ser un concepto y se vuelve una puñalada en el pecho. Sonia salta a la superficie de la vigilia en busca de oxígeno. Pega un alarido desesperado. Alicia y el colombiano la están mirando. ¿Qué quería decir soñar con un Cristo adiposo, agonizando entre fosales y restos de tierra cuarteada? ¿Era un recuerdo o una premonición? Afuera, la primera estrella ya había salido y en los senderos que conducen al anfiteatro, la gente avanza en grupos, arrastrando los pies. Hacían el mismo ruido que los torsos desmembrados del sueño. Sonia, Alicia, el boxeador, la novia, el colombiano y el resto salieron del galpón y se sumaron al flujo de gente. Caminan junto a un hombre peinado con gomina y vestido en un conjunto Adidas de tela de avión. Le decían "Aruba". Alicia le muestra el nebulizador y la soga:

—¿Y con esto qué hacemos?

—Para la bendición!

—¿La bendición? —Interrumpe la novia del boxeador— ¿Y el agua bendita?

–Claro… El agua bendita. Así hace más efecto… Entra en la circulación…

–¿Y esto? –Le muestra la soga de cáñamo.

–Para abrir el camino.

Uno por uno, se van sentando en el anfiteatro. No había un solo farol, ni siquiera se veía la luna, pero cada estrella de la vía láctea se proyecta con tanta definición que casi toda la Pampa de Achala está iluminada por una penumbra infinita. A ese paisaje, que por sí solo podía suscitar una experiencia mística, se sumaron las vibraciones de un gong y unos tambores africanos que surgían un poco distorsionados de los parlantes. Alicia tenía razón, entre esas cien o doscientas personas había de todo; hasta la locutora de radio estaba; y todos, como si hubieran respondido a una señal oculta se acomodaron los nebulizadores, los prendieron y comenzaron a inhalar. Aruba le hace un gesto a Sonia para que se lo ponga:

–El agua la bendice Basilio –La voz ahogada bajo la máscara.

Sonia se lo acomoda, lo prende, respira y al rato siente el agua bendita humedeciéndole las mucosas. Tenía un trasgusto a tomate fermentado y se lo quitó. A los demás no parecía molestarle. Aruba sigue hablando con el nebulizador puesto:

–Es un lugar muy energético!

Alicia responde agitada:

–Se siente… se siente la electricidad… ¿Sentís como vibra? El colombiano levanta los brazos:

–Un poco más y te electrocutas!

–Mirá –Alicia señala hacia la otra punta del anfiteatro– Allá está la locutora! ¿Cómo se llamaba?

Sonia se reacomoda en la piedra y le dice a Aruba:

–Todos dicen mañana… mañana… ¿Qué pasa mañana? El Socotroco va a caer el miércoles. Mañana es martes.

–Por eso… No podemos esperar… Ya no hay tiempo.

–¿Cómo no podemos a esperar?

171

—No hay tiempo.

—¿Y que vamos a hacer?

Justo en ese momento todos dejan de hablar y entre los sonidos cristalinos de un palo de lluvia, aparece finalmente Basilio. Era más alto, más ancho y más sólido de lo que Sonia había imaginado. Tenía los pies inmensos y las manos ásperas como si mantuviera un contacto íntimo y constante con la tierra. La panza inabarcable, tensa y henchida, sugería, sin embargo, otro tipo de vida: un régimen ilimitado de vino y empanadas. Se paseaba sin camisa como si la majestuosidad de su estómago fuera testimonio de una relación íntima con Dios. En una mano tenía un micrófono y en la otra, una soga de cáñamo más grande que las demás. Después de un largo silencio se largó a hablar. El eco de su voz, con un inconfundible dejo andaluz, salió chisporroteando desde los parlantes:

—Cuando lo fariseo llegan, Jezú está en el monte de lo Olivo. Le traen una mujé adúltera y le preguntan, ¿la castigaríais siguiendo la ley de Moisé? ¿Y qué responde Jezú? ¡¿Qué responde Jezú?! San Juan ocho, verso uno, onze. ¿Qué responde Jezú? *Aquel de vosotro que esté libre de pecao que tire la primera piedra.* ¿Y hay alguien acaso que haya tirao una piedra? ¿Hay alguien, en esto último dos mil años, que haya tirao una puta piedra? La respuesta es no, hodé! No eziste, sin contá, desde ya, a nuestros Santo Padre, no eziste persona que esté libre de pecao. Dejad al hombre a sus propio recurso y destripará a su propio hermano, ultrajará a su madre y a su padre, codiziará no solo a la mujé del vezino sino también al vezino… y a sus siervo y a sus criada y a sus bueye y asno, y a sus sensuales hija vírgene así como le suzedió a Lot… dejad al hombre a sus propio recurso y usurpará y levantará falso testimonio con el solo fin de ocurtar sus gangrenosa prática sodomita y nunca trabajará ezeto en Sábado, y olvidará toas las tradizione que zelebran a Cristo nuestro Señó porque solo obedezerá a ídolo satánico… saturnino… sátiros aluzinao, íconos de impío, de los que hay abajo en el infierno, en el infesto inframundo, en la infracloaca, en la inframierda, en las tiniebla del Averno… —Con un ágil ejercicio mental, Basilio pasa de la cólera a la paz interna, cierra los ojos y reza clamando– Oh, Jezú, padre nuestro que está en los zielo… déjame salvar a tus detestable sabandija, déjame salvarlos de sus miserable pecao… ayúdame a que transiten el camino de la resurrección… esto siervo arrepentido, dignos de tu gloria cerestial… Oh, Señó! Ilumíname pa' que pueda darle a entendé el lenguaje de la tierra y de los zielo… la música universal del cosmo… la armonía de la esfera… –Grita– ¿Estáis listo pa' rezibí a Jezú?

La voz espumosa de Basilio se cuela por los poros y todos repiten, con las máscaras puestas:

–Estamos listos… estamos listos…

–¿Estáis listo pa' rezibí a Jezú?

–Estamos listos… estamos listos…

Basilio va subiendo los escalones de piedra y la gente le abre camino extendiendo los brazos para tocarlo y sacudiéndose de admiración. En la otra punta del anfiteatro una pelirroja con un corte punk se convulsiona y pega alaridos. La rubia lánguida y la petisa de perfil indígena la sostienen por la espalda. Todas las voces, sumadas al susurro de los nebulizadores, adquieren una monotonía encantatoria que retumba en el interior del cuerpo de Sonia y empieza a calentarle la sangre. Pero por abajo de esa tranquilidad oceánica, Sonia reconoce una contracorriente oscura, una fuerza amenazadora que intenta pero no logra resistir.

–Ya no hay tiempo pa continuá postergando este inútil acto de zivilidá que es seguí viviendo… El final no es algo que está por vení… O es que no lo estáis viendo con vuestro puto ojo! Pero cuando caiga la bola de fuego y azufre con la justa omnipotencia del Señó, y la explosión purverize instantáneamente la tierra, solo vosotro os salvaréis… solo vosotro empuñaréis las llave del zielo ante las Gloriosas Puerta del Paraíso! ¡Ya podéis comenzá a daros con las disciplina! Que os merezéis zifrá en vuestras propia carne la escritura lazerante de vuestra resurrección. Os preguntáis cómo será el fin del mundo. Hodé! Pues ahí lo tenéis… Maldición eterna a lo ejérzito de fullero que expanden dolor, contaminación y miseria, y a los hideputa Anticristo que han blasfemao y blasfeman a la Santa Iglesia. Pa ellos: eterna mardición! Observad el rostro esclerosao de los comandante de guerra que matan millone mientra los reportero, en TV, mueven sus cabezita como perro de luneta, observad la tez lívida de los político que os estraen sangre día a día y os shupan hasta dejaros seco… ¿Y qué hacen los merdellone de la Real Academia Sueca de la Zienzia? Pues se reparten los premio… premio pa acá y premio pa allá!… premio de la paz pa' seguí alimentando el genozidio, premio de economía pa' estendé el monopolio del hambre, premio de física, pa' hacé estallá el átomo de Dió en un azelerador de partícula… premio de química pa' seguí renunziando a la promesa de la piedra filosofal… premio de medicina pa' el inventor de la lobotomía y pa' quien logre expandí las epidemia, premio de literatura pa' hazerno creé que esisten escritore sueco y pa' terminá con la poesía y pa' hacé llegá, a ca rincón del planeta, los coshe fúnebre de la pornografía. Y no me hagáis hablá de la pornografía. ¿Hazen farta tanto orgasmo? Mardizión eterna pa' to los hereje, con Alfred Nobel a la cabeza, y mardizión eterna a sus secreta orgía homosexuale y a su re satánica pa' destruí al Vaticano… ¿Con qué ojetivo secreto pensáis que el mercader de la muerte inventó la dinamita? No os diré la retahíla de hereje que ha ensartao en esa confabulación, pero basta con conectá los punto: el abuelo de Kissinger, Paco Rabanne, Rockefeller, Dalí, Dzerzhinsky, Gil Robles, Disney, Noriega y tanto otro agente de la vieja KGB, la DGI, y la CPO que bien quisieran quedá en el anonimato… pues qué mejor pantalla pa' encubrí tanta deslealtá, que la Real Academia Sueca de las Zienzia… que ni e real, ni e academia, ni e de las zienzia… Un prostíbulo de gaznápiro pisaverde que se han infiltrao en to los rincone del planeta con el único ojetivo de plantá bomba en las crita de la Basílica de San Pedro. Y justo ahora que finalmente teneis al primé Francisco!… ¿qué otro santo sino *il poverello*, rezaría pa' podé contraé una enfermedad larga que conduzca a una muerte dolorosa? —Basilio le da con la soga en la nuca a un rasurado que se inclina como para ofrecerle mayor superficie— ¡Má fuerte, coño!… ¡Daros más fuerte… gusanos pecaore… que me caaaago en la maaaadre que os parió haciendo el pino!!!

La gente se da más fuerte con la soga y asiente como si escucharan la promesa del fuego en el idioma de las llamas. Sonia, sin embargo, no alcanzaba a entender todo lo que oía. Le sonaba a esas frases que se presentan como proféticas en el sueño pero que pierden sentido apenas uno abre los ojos. ¿Acaso si inhalaba el agua bendita lo entendería mejor? ¿Era necesario que el agua entrara en la circulación? Se le ocurrió que no era en las palabras donde encontraría el sentido, sino en la música… Buscó a Alicia, al boxeador, al colombiano. ¿Todos, menos ella, lo entendían? No sabía si dudar de Basilio, de la gente o de ella misma. Los mira castigarse; observa las laceraciones que de a poco se van abriendo en las espaldas, en los brazos y recuerda la película que había mencionado Otis. ¿No era una secta de autoflagelación colectiva?… Quizá Otis tenía algo de visionario… ¿Y él? ¿Estaría en la isla de Pascuas tratando de mandar mensajes telepáticos a otros universos? Sonia sostiene la soga en la falda pero no consigue juntar la convicción necesaria para flagelarse. Desde diferentes puntos las seis mujeres la están mirando. Se da cuenta que Basilio camina hacia ella. Una ola de adrenalina se le va formando en la garganta, se irradia por la cara y la pasa por encima. Como empujada por ese movimiento se levanta sin pensarlo, casi tambaleándose y cuando se da cuenta, tiene la panza de Basilio frente a ella. Le apoya en el hombro la mano con la soga. Era una mano inmensa, mucho más áspera de lo que parecía a la distancia. Caliente y pesada.

Basilio hace un gesto y todos quedan suspendidos en una anticipación dolorosa. Sonia y Basilio se miran; pero en lo que duraba una mirada de ella, él parecía haberla estado observando toda una vida. Era la mirada de alguien que no solo no tenía nada que perder sino que además tenía la certeza que nadie tenía nada que perder. Se agacha un poco, acerca la nariz, inspira profundamente y huele el chancro de Sonia:

175

–Llevas en la frente la marca de la Pasión. Estás lista pa' rezibí a Cristo...

Con el micrófono en la boca Sonia creyó haber contestado algo pero nadie escuchó nada. Finalmente entendió que Basilio le había preguntado su nombre y escuchó su voz rebotando desde el valle, transformada en eco:

–Sonia Baroja... Sonia.... Baro Sobaro... ja... roja... roja...

–Sonia Baroja... ¿De qué otra manera podías llamarte? Ésta es tu única salvación... éste es tu destino... ya no tienes que corré más de un lao pal otro... pues rezibirás la revelación en el momento indicao... Te estábamo esperando...

–¿A mí?

–Llevas en la frente la marca de la Pasión.

–Ya la mandaron a...

–¿Estás lista pa' rezibí a Cristo?... Sonia señala la llaga con un dedo:

–Hicieron la biopsia... pero el del laboratorio se volvió loco...

–Pueh claro! ¿Qué salida tenía? No estaba preparao pa' esto... Como dice la Cábala... *Cuatro entraron en el jardín de la sabiduría y toos se volvieron loco....* ARBAHA NIJNESÚ LA PARDEZ...

–Pardiez!

–Te esperábamo desde haze tanto tiempo... Sonia Baroja. Tú nos esperaba sin saberlo pues en tu nombre ya está escrito tu destino... en tu nombre llevas la raíz de lo sagrao... Sonia Sagraá... *BAROJA TA DONAI ELOEINU MELEJ AOLAM,* Bendito eres tu Señó Rey del Universo, *ASHER KIDUSHANO VEMIZTOVEV,* que nos has santificao con tus mandamiento... Bendita eres tú, Sonia Baroja, reina divina que compartes con San Pedro, tu otro padre, ese destino sagrao... porque si no lo sabe te lo digo aquí y en presenzia de tus hermano, que tu nombre viene de la herenzia misma de los Barjona, de los Bariona... Bar Iona, que quie dezí "hijo de la paloma" y que como sabes era el sobrenombre de San

176

Pedro, prínzipe de la iglesia y pastor de la oveja del Señó; así lo llamó Cristo cuando le dijo: *Bienaventurao eres, Simón Barjona, porque la carne y la sangre no te lo reveló sino mi Padre que está en el cielo. Y yo te digo a ti que tú ere Pedro, y sobre esta piedra edificaré mi iglesia.* Y yo te digo a ti, tú vienes, Sonia Barjona, por línea direta de los profeta de Dió como to los padre de la iglesia; los Pío, los Pablo, los Juane, los Santo Inocencio y por supuesto el único Borja de to ello, el propio Rodrigo Borja que repartió las tierra y lo océano del Nuevo Mundo y fue, según Urbano octavo, tan grande como el mismísimo San Pedro!!

Basilio la estaba abrazando y Sonia se deshacía en sus brazos. Aunque hablaba en el micrófono, lo hacía cerca de su oído y sus palabras la penetraban como un néctar chisporroteante que se le derramaba en las venas y le hacía hervir la sangre. Nunca había sentido y en tan poco tiempo, una devoción tan profunda, a tal punto que sospechó que tal vez sí era verdad que Basilio tenía alguna conexión íntima con Dios… ¿Estaba lista para recibir a Cristo?

–Llegaste en hora buena, Sonia Barjona. El designio de Dió es misterioso pero es nuestro destino y debemo azetarlo… Claro que lo azetas! ¿Cómo no vais a azetá tu destino? –Basilio apunta con el dedo hacia Venus. El planeta brilla con tanta definición que hasta podrían vislumbrarse las nubes de ácido sulfúrico– Mañaa… cuando vuelva a aparezé el luzero de la tarde, lo estaremo esperando y él nos guiará hazia Cristo… como dize en Apocalipsis, veintidós, dieciséis… *Yo soy Jezú, la raí y el linaje de Daví, la estrella resplandeziente de la tarde.* Solo nosotros nos salvaremo… solo nosotros tendremo la bendizión… de ser lo elegío…

Basilio hace otro gesto y todos vuelven a darse con la soga. Sonia cae sentada sobre la piedra. ¿Se iban a matar? ¿Ahora que había encontrado un sentido a la vida, ese sentido le imponía la renuncia total? ¿Quién era Basilio? ¿Era Dios o era la Bestia?, ¿una de las voces de Jesús o una versión del Anticristo?… Sonia se acomoda la máscara, prende el nebulizador, agarra la soga y empieza a fustigarse hasta que aparecen surcos verdeazulados en la piel. Todos inhalan y exhalan a la vez y esa respiración colectiva reverbera en el aire como las pulsaciones de un solo organismo. Sonia ya no distingue su cuerpo de los otros cuerpos; como si todos fueran parte de una misma piel que se relaja y se tensa, se calma y se enardece, sufre y se lacera. Alicia tenía razón; *cuando lo veas a Basilio todas las piezas van a tener sentido.* Solo había que animarse a esperar, a saber escuchar, a pegar el salto. Sonia mira las caras de las personas que la rodean y ve que todos adquirieron su rostro. Cientos de Sonias a su alrededor. Los rostros comienzan a deformarse por el movimiento; giran en torno suyo y todo el anfiteatro gira y para no desvanecerse Sonia mira en dirección a la luz de Venus. Por un momento logra recuperar el equilibrio pero en seguida el resto de las estrellas aparecen en su campo de visión. Y esas luces también, giran y giran hasta que forman un caleidoscopio de resplandores magentas. Sonia escucha un chillido ensordecedor que coincide con un destello de luz y siente como un mazazo que le cae en la cabeza.

CAPÍTULO

10

Latitud: 38.702479 | Longitud: −9.207863

Cuánto más inminente era el impacto del SK38 más necesitaba la gente estar al tanto de las noticias; como si la humanidad tuviera una necesidad irreprimible de familiarizarse con los detalles de su propia aniquilación. Por eso, los medios de comunicación habían alcanzado niveles de rating inconcebibles para cualquier época. A tal punto superaban los escándalos orgiásticos de un primer ministro, un accidente nuclear, o la final de un mundial, que se habían creado cientos de canales de noticias de 24 horas que no hacían más que mostrar imágenes del Socotroco, del *Estadio do Restelo*, y de los periodistas que se daban tiempo para hablar con expertos en astronomía pero también con comentaristas, políticos, actores famosos o incluso con algún miembro de sus propias familias. Hacía ya dos meses que la placa de ÚLTIMO MOMENTO era parte integral de las barras informativas. Los tres o cuatro conglomerados internacionales, dueños de los cientos de multimedios del mundo, habían apostado todo al SK38, así como las compañías de turismo, de antidepresivos, de cosméticos, o de bebidas alcohólicas que habían decidido invertir la mayor parte de su presupuesto en publicidad. Sin embargo, las campañas publicitarias nunca habían alcanzado peores resultados; sobre todo porque nunca en la historia de la televisión una audiencia tan cautiva, había estado tan mal predispuesta.

En toda la extensión del planeta, los flujos y reflujos masivos de las poblaciones hacían pensar en la ambición caótica de un hormiguero pisado. Aquellos que vivían más cerca del punto de impacto; es decir, los habitantes de Europa occidental, del norte de África y de las costas atlánticas de Norteamérica y el Caribe, atestaron las vías de transporte intentando trasladarse al lugar más distante posible de la península Ibérica. Para quienes podían costearlo (aunque los saqueos y los amotinamientos masivos habían inclinado la balanza hacia la igualdad económica), el sanctasanctórum de ese viaje era, por legitimidad geográfica, Wellington, la capital de Nueva Zelandia, que se encontraba en el polo opuesto. En todo caso, se había reconocido que en cualquier sitio cerca del suroeste del océano pacífico (Australia, Papúa Nueva Guinea o las islas del Mar Salomón), había más posibilidades de salvarse que en cualquier otro lugar del planeta. Los aeropuertos de Nueva Zelandia así como los puertos y astilleros de sus costas estaban colmados, de manera que toda la isla había quedado rodeada por barcos, portaaviones, lanchas y cruceros que al no poder ingresar, y mucho menos atracar, se convirtieron en residencias improvisadas.

Por su parte, Lisboa, que prácticamente se había vaciado de portugueses, estaba atestada de periodistas que habían llegado de todo el mundo. A medida que se iban acreditando, fotógrafos, reporteros, cronistas radiales, gente de producción, iban accediendo al *Estadio do Restelo*. Los primeros en llegar se habían instalado en las plataformas superiores desde donde se podían ofrecer hermosas tomas panorámicas del río Tajo, la capilla de Belem, o el barrio de Restelo. Y así como llegaban, se iban acomodando en niveles cada vez más cercanos a la cancha donde alguien había pintado con cal una cruz gigante que indicaba el punto de impacto. Nadie supo si lo había hecho con espíritu provocativo o meramente burocrático. El *Estadio do Restelo* sumaba entre las plateas y las tribunas, casi dos mil corresponsales de más de trescientos países. Con sus cazadoras repletas de bolsillos, artefactos y dispositivos, sistemas de geo– posicionamiento y teléfonos satelitales, todos tenían por lo menos una cámara con el teleobjetivo apuntando hacia el cielo; pero también tenían cámaras apuntándose entre ellos pues los propios periodistas, por su audacia y entrega a la profesión, se habían convertido en la noticia del momento.

Una reportera de *Al Jazeera* entrevista a otro de CNN:

—*It is indeed pretty brave of you to come here when everybody else is fleeing like roaches… What do you say to that?*

—*My friends say I'm out of my mind… but let me tell you something, which, of course, if you are here, you know: This is it!… this is the story of our lifetime. There is no other place in the world where I'd rather be right now. How can you call yourself a journalist if you are not here? What else will you cover? The World Cup? The Cartels? The Middle East? We took a pledge… It's very exciting… to feel like you are part of history, that you are living history… even if it turns out to be the end of history…*

Una reportera de RTL München TV se hizo espacio entre TNTV de la Polinesia francesa y Chilevisión:

—Sie fragen sich vielleicht, warum wir so viel Zeit mit diesem Thema verbringen. Die Antwort ist einfach: Alle zwei oder drei Jahrhunderte schlägt ein Asteroid größer als 30 Meter auf der Erde ein; Alle hunderttausend Jahre erreicht ein größerer als 300 hundert Meter die Erde; Aber die Auswirkungen eines Meteoriten der Größe SK38, der sogar größer als der von Yucatán ist, passiert einmal alle 66 Millionen Jahre… Wie könnten wir diesem Ereignis nicht den Raum geben, den es verdient?

El reportero de canal 9 de Argentina dialoga en directo con estudios:

—No es fácil el acceso, Esteban; en este mismo momento hay cuarenta países que están afuera, intentando ingresar o conseguir acreditación. Nadie se quiere quedar afuera! Toda la Avenida Madeira, desde Praça Imperio hasta Praça de São Francisco Xavier está cortada al tránsito.

–Por lo que muestran los satélites, sin embargo, se ve que el estadio es grande… Me imagino que habrá lugar para todos.

–Capacidad hay para 32.000 personas. Para quienes conocen Lisboa, el estadio está situado justo atrás del monasterio de los Jerónimos en Belén que se puede ver ahí, no sé si la cámara llega a tomarlo… ¿Se ve?… ¿Esteban? ¿Me escuchan? Tengo retorno…

Un corresponsal de CCTV7 de la Red Central de la Televisión China, logró ubicarse en las tribunas superiores y le habla a la cámara con los reflejos del Tajo a sus espaldas:

可能与牛顿的理论相反，星际之间并不是空的，恰好相反，那里充满了宇宙物质。就想你所知道的，在我的家乡，当陨石落下时跑去收集一块是一个传统，因为要不然，这些石头很快就成了让人膜拜的对象。

Otro reportero de Televisa termina su reportaje ensalzando los avances tecnológicos que hicieron posible esa transmisión:

–Éstas que usted ve a la derecha de su pantalla son imágenes directamente transmitidas desde la central de Monitoreo de Cabo Cañaveral. Fíjense la calidad de estas tomas, en primer plano, y trasmitidas en vivo… hay que decirlo además que nuestro canal es el primero en acceder a estas imágenes con 3 segundos de anticipación con respecto a las otras redes de comunicación de aquí y del mundo. – Se para derecho y hace una venia– Volvemos a estudios. Desde el *Estadio do Restelo*, en Lisboa, para Televisa y el mundo, Orlando Morona!

El corresponsal israelí de Arutz 2, se arremangó la camisa. La cámara apuntaba a la cruz de cal en el medio de la cancha:

- אבן, אבן גדולה, עניין גדול. מה הדבר הכי גרוע שיכול לקרות? מה אכפת לי? כבר יידו אבנים עלי לפני כן. איום קיומי? כבר שמעתי... אבל אתה חייב להודות, אביגדור, שלפחות סוף מרהיב עדיף על הישרדות משעממת... זה יכול להיות קשה... אבל זה בהחלט צעד בכיוון הנכון.

La reportera de TV RUSIA se había parado justo sobre la cruz en el centro de la cancha y golpeaba con el tacón sobre el pasto:

—Да, мы признаём, падение массивного астероида всегда, конечно, драматический факт, тем более, если говорится о объекте который может означать конец жизни на земле… но зрелище от этого влияние является апокалиптическим и люди хотят и должны следить за ним шаг за шагом

Al corresponsal del canal 3 de España nadie lo estaba entrevistando pero hablaba en cámara respondiendo preguntas que él mismo se hacía:

—Pues vamos que yo no me creo ningún héroe ni nada… este simplemente es mi trabajo… A cada cual lo suyo! Para cualquier periodista, para cada uno de los miles de periodistas que ven ahí, esta es la oportunidad de la vida! Es una coincidencia única… es la primera vez, en la historia de la humanidad… la primera vez que una civilización ha alcanzado tal grado de sofisticación tecnológica que se encuentra capacitada para transmitir, en vivo y en directo, en alta definición y sin interrupción, su propia aniquilación.

El corresponsal de TV OGGI, un veterano de las noticias con los pelos quemados por la tintura, camina por el borde de la cancha mientras la cámara lo sigue:

—*Dicono che le probabilità di vincere alla lotteria sono superiori a quelle di essere schiacciato da un meteorite… Non so se oggi ci sarà più gente comprando dei biglietti di lotteria, ma quello che so è che da oggi se li possono mettere tranquillamente nel culo!*

Un fotógrafo enviado por la revista Vogue, está siendo entrevistado por canal 24 Teleamazonas de Ecuador:

—Sí, sí… para un fotógrafo esta es realmente una oportunidad única. Tengo todas las cámaras apuntadas. Este es un Sigma de 550 milímetros con una focal de las más altas con estabilizador y nitidez excelente. No me voy a ir hasta que logre captar una imagen que valga la pena!

El fotógrafo sabe que mucho no va a tener que esperar. En el *Jumbotron* del estadio se ven imágenes, en vivo, del SK38 acortando a 70.000 kilómetros por hora, la distancia hacia la tierra. Ya nada puede parar los números de la cuenta regresiva: 43 HORAS, 54 MINUTOS, 27 SEGUNDOS… 43 HORAS, 54 MINUTOS, 25 SEGUNDOS…

***

Sonia se despierta en el galpón. Ya es de día y se oye la agitación en el campamento, los gritos, la música, los martillazos. Lo primero que ve es la cara de unas diez personas que la están mirando. Reconoce a Alicia, a la novia del boxeador, al colombiano, a la vieja con cara de bibliotecaria y a la pelirroja del corte punk. Había niños en los boquetes de las ventanas y alrededor de las vigas. La miraban como si fuera una aparición. Sonreían y no decían nada. Sonia siente las heridas que le dejaron los latigazos. Las estudia con los dedos y se mira las yemas buscando rastros de sangre. Se para y agarra a Alicia de los brazos:

—¿Alicia?

Alicia le acaricia la mejilla. Tiene la misma sonrisa extraviada que los demás:

—En hora buena!

Sonia se arregla la ropa y se toma un tiempo para recuperar el equilibrio. La estatua de Jesús había desaparecido.

—Basilio dijo que tenés la marca de la Pasión.

—Sí… pero después de eso… después de eso, ¿qué pasó?

—Vimos las formas y los colores.

El colombiano camina erráticamente hacia el exterior, como si estuviera persiguiendo una mariposa. Alicia y la novia del boxeador salen con Sonia del galpón. El resto las sigue.

—Se cumplieron los tiempos de la Tribulación —Dice la novia del boxeador.

A Sonia le lleva unos minutos acostumbrarse a la luz. Siente un dolor agudo en los ojos. Había gente llevando y trayendo maderas. Aruba, el boxeador y un par más pasaron cargando la estatua de Cristo. En el anfiteatro, los muchachos que habían viajado con ella se habían cambiado de ropa y ayudaban a construir una cruz de proporciones bíblicas. Otros armaban piras con hojas y ramas de quebracho. En los escalones de piedra había tres o cuatro personas sentadas con los ojos clavados en el cielo, como si esperaran, ya desde el mediodía, que apareciera la primera estrella. La negra canosa iba y venía. Un chico, de unos seis años, pasa mirando el suelo; tiene un moscardón atado de una pata y lo camina como si fuera una mascota. Otros chicos, más grandes, corren atrapando lagartijas. De vez en cuando, alguno se queda con una cola en la mano y se la come entre gritos de celebración. Hay grupos dispersos de hombres y mujeres que se balancean, sentados en la tierra; algunos tienen cortes profundos y gimen a ciegas, otros mascullan canciones litúrgicas de ritmos ilegibles. No parece que se hubieran olvidado la letra sino más bien que perdieron la capacidad de articular sonidos.

Sonia se los queda mirando:

—Están todos listos…

—Están listos!

—Basilio puede hacer milagros.

—Debe estar bendiciendo las aguas…

—Por un lado digo sí, por supuesto, es lo único que tiene sentido… como decís vos… todas las piezas van a hacer clic… —Sonia da unos pasos hacia el anfiteatro— pero… ¿Es necesario suicidarse?

La pelirroja punk queda suspendida en un espasmo de decepción. Agarra a la bibliotecaria de la mano y se arma de benevolencia:

—Ya no pensamos más en qué es lo necesario… en qué es lo útil… sólo importa lo que es natural… Basilio dice que estás lista para recibir a Cristo. El suicidio es lo más natural… como respirar…

—Hay que dejarse guiar... –Dice la novia del boxeador

—La única forma de entrar en la paz... –Repite Alicia.

—Si morir fuera entrar en la paz –Sonia parece hablarle solamente a Alicia– ¿por qué me están partiendo en dos los latigazos? ¡Mirame como estoy! –le muestra la espalda.

—Y sí... y claro! Así es!... Hay que trascender el pensamiento terrenal. La abundancia de lágrimas por el dolor y el sufrimiento de Jesús en su Pasión... El regalo de la Gracia Divina. Estás lista para recibir a Cristo!

—Así es la salvación –Agrega la novia del boxeador.

—¿La salvación?... Esto parece más el Pulgatorio!

—¿El qué? –Alicia no cambia ni de gesto ni de posición.

—El Pulgatorio.

—¿El Pur... gatorio?

—El Pulgatorio!

—Con erre... ¡el purrrgatorio!

—Siempre dije con ele... de pulga...

—Es con erre... El Purgatorio...

—Al final sos vos la que quiere hacerse mermelada.

—Mermelada no. Es pasar al otro plano... a la bienaventuranza... a la visión beatífica de Dios.

—¿No eras budista vos?

—¿Y?

—¿Cómo y? Para reencarnarte necesitás que exista gente. Si desaparece todo el mundo... ¿en quién te vas a reencarnar?

—Los budistas no quieren seguir reencarnándose... quieren salir de la rueda de la existencia...

—La rueda de la existencia... –Sonia hace girar los ojos.

—La paz absoluta! Buda trascendió el ciclo del sufrimiento y alcanzó la paz absoluta...

—Absoluta hasta por ahí.

—¿Cómo hasta por ahí?

—Era medio nervioso...

—¿Buda nervioso?

—¿No viste que tenía bruxismo?

—¿Quién?

—Buda.

—¿Tenía bruxismo? ¿De dónde lo sacaste?

—Está todo escrito en los huesos... Descubrieron que tenía las mandíbulas desgastadas... y eso que solo comía insectos... Mucha tranquilidad... mucha tranquilidad pero al final la procesión va por dentro... Lo carcomían los nervios... tener que dejar de existir... eso también te pone tenso...

—¿Insectos?

—No sé si estoy preparada... No quiero decepcionar a Basilio pero no sé si estoy lista.

Atrás de Sonia, la pelirroja, el colombiano que había vuelto y la bibliotecaria sacuden las cabezas y cierran los ojos pero no dejan de sonreír. Otros dos que ella no había visto estiran los brazos como para tocarla, intentan olerla a la distancia. Sonia comienza a caminar y la vuelven a seguir. Camina un poco más rápido y la siguen. Apura el paso hasta que finalmente se da vuelta y los ataja con un grito inesperado:

—Dejenmé!... Dejenmé sola! —Y se va corriendo, sin voltear.

La dejan ir. Alicia la observa a la distancia, le habla en voz baja a la novia del boxeador:

—Está lista... está lista...

A unos cien metros del anfiteatro, Sonia pasa por una serie de carpas; en el interior ve a la rubia alta y lánguida, a la petisa de perfil indígena y a la adolescente de rasgos andróginos cargando

187

cientos de nebulizadores. Extraían el líquido de una lata que parecía de pintura. Desde donde se encontraba, no podía distinguir si el logo impreso en la lata era un ícono de "reciclaje" o de "peligro biológico", pero las tres mujeres estaban con máscaras y salía de ahí un fuerte olor a insecticida. Volviendo sobre los pasos que había dado para llegar al campamento, se alejó bordeando el sendero que da a Traslasierra. Se siente debilitada y al escuchar a la distancia el gorgoteo del agua se dirige hacia allí buscando un lugar donde poder estar sola. Nunca había sentido con igual intensidad dos emociones tan contradictorias. Quería escaparse pero también, quería volver. Quería correr lo más rápido y lo más lejos posible, aunque no llegase a ningún lado, pero también necesitaba responder al llamado de Cristo, entrar en la bienaventuranza de Dios. Estaba convencida de que eso era una secta, que todos se habían entregado a un vendedor de feria a quien solo le interesaba el vino y la empanada frita, pero a la vez, sabía que era parte de esa comunidad y sentía devoción por Basilio… un impulso instintivo la exhortaba a seguirlo sin condiciones, incluso si la guiaba hasta la muerte.

Cuando alcanza el margen del arroyo, se sienta y observa el hilo de agua que corre entre las rocas. Se le ocurrió que la cabecera de ese arroyo debía ser una canilla mal cerrada. Ve cruzar escarabajos, ciempiés, lagartijas. No podía imaginar una ecología más prehistórica: animales con cuernos, corazas, escamas fibrosas. Busca en el paisaje alguna señal, algún indicio que la ayude a tomar una decisión. A otra lagartija que pasa le faltaba la mitad del cuerpo y Sonia imagina a los dinosaurios escapándose del asteroide que los llevó a la extinción. En eso escucha unas voces que vienen subiendo la sierra. No pudo incorporarse para verles la cara pero ve las piernas y los pies. Algunos tenían las zapatillas rotas, otros estaban descalzos. Los vio acercarse, subir, cruzar el hilo de agua serpenteante, pasar cerca de ella. Algo le dijeron o le preguntaron, pero no los entendía, solo podía distinguir diferentes tonos de ansiedad; no encontraba el lenguaje para comunicarse con ellos. O el mundo se había vuelto indescifrable o le había explotado el cerebro y ella solo podía entrever esquirlas de su propia consciencia. Hubiera jurado que todavía estaban por ahí pero cuando se volvió para buscarlos los vio como puntitos a la distancia.

Buscó a la lagartija creyendo que solo habían pasado unos segundos, pero se dio cuenta, como si hubiera sido un cambio repentino, que estaba cayendo la noche. En el cielo brillaba la primera estrella y desde el campamento comenzó a llegar el retumbar de los tambores. Aunque sabía que era una grabación, su cuerpo se hacía eco del estremecimiento, del ritmo, de la temperatura que levantan los cueros tensos y golpeados. La insistencia de los tambores le hace revivir el calor que sintió bajo la mano de Basilio. Reconstruye la cadencia y la calidad de su voz: "Este es tu destino"… "Te estábamos esperando"… "Estás lista para recibir a Cristo". La devoción vuelve a circularle por las venas y no puede resistir una energía espontánea que la hace incorporarse, caminar, correr, saltar entre las piedras y los matorrales. Avanza como si flotara sobre la sierra, los arroyos, la planicie rocosa hasta que, ya sin aliento, llega al campamento y la sorprende la escena en el anfiteatro. Las piras ya estaban encendidas. Explotan los nudos del quebracho. Las llamas descomunales crepitan en el aire. La luz vacilante de los fuegos hace titubear los cientos de rostros que lloran, ríen, cantan o gritan en espasmos de visiones místicas. La estatua de Cristo ya está instalada sobre la gran cruz de madera; ahora sí había adquirido una nobleza que no tenía cuando lo dejaron inclinado contra la tapia. Basilio está en el centro del anfiteatro; el micrófono en una mano y la soga de cáñamo en la otra. La percusión hace temblar los parlantes y asusta a las chispas que ascienden y se apagan contra la noche estrellada. El olor fuerte a humaza y Palo Santo se mezcla con un tufo penetrante a sudor y perfume adulterado. Todos ya tienen puestas las máscaras y Sonia no llega a sentarse que aparece la bibliotecaria y le coloca la suya. Los golpes del *Gong* comienzan a marcar la cuenta regresiva. Basilio está más entusiasmado que el día anterior y se extiende en su discurso:

—Imaginaos que oís la voz del Señó que os dize *Os daré vida, viviréis zien año pero dependeréis del osígeno y tendréis que obtenelo ca segundo a travé de tu narí y de tu boca… deberéis hazelo mile de veze por día, millone de veze a lo largo e la vida!* Suena a trabajo, ¿verdá? Pues no lo e, es lo ma natural del mundo… Así, de igual manera… no e trabajo morí… es lo ma natural del mundo. Los que creen de verdá, creen naturalmente, con ca respiración… que el aire que inspiran es el espíritu divino… Hazéis bien pué en aproveshá esta última oportunida de redimiro. Pues to aquel que entre en el laberinto de sus huella digitale, se encontrará con su propio ser pecadó… solo pensád en vuestro pecao y tendréis frente a vosotro la imagen misma del bisho ma inservible, la pústula ma asquerosa y ma insinificante de este mundo. ¡¿Que no?! Peste de sátiro purulento… gusano asqueroso… —Basilio camina entre la gente dando con la soga de cáñamo a diestra y siniestra— Solo aquí vais a trazendé la corrución del cuerpo y el arma, vais a pegá el salto… os desharéis de las llaga y las pústula y las escara purulenta de donde han salío toa esa ponzoña putrefata!

Todos levantaban los brazos como para recibir, aunque fuera por casualidad, un verdugazo que le abriera las carnes. Como si hubieran ensayado la ceremonia, las seis mujeres se sientan en un semicírculo atrás de Basilio y se acomodan los nebulizadores. Saben que está por llegar el final.

—No hemo sio nosotro! Han sio los pecaore del mundo que han precipitao el fin… Ya lo sabéis… desde Mayak a Fukushima, lo de lo asidente nucleare e to mentira… son laboratorio encubierto pa diseñá viru radioativo y producí pandemia de mutacione entre lo seguidore de Cristo… Pues aquí termina la historia! los gaznápiro de la Real Academia dejarán de someté a los muerto a las peore prática sodomita, de manzillá a los niño, a las cabra y a los cerdo, de participá de lo sacrificio satánico y de la orgía artropófaga en las agua sagrada del Mar Muerto. Enzended lo nebulizaores que ya no hay tiempo! Soy *Yo la Resurrección y la Vida. El que cree en mí, aunque muera, vivirá; y to el que vive y cree en mí,*

190

no morirá jamá!!... –Basilio señala con un brazo extendido hacia Venus– Respirad profundo... respirad... que la estrella os guiará...

Basilio deja el micrófono y la soga, se sienta en el centro del anfiteatro, se reacomoda la máscara y prende el nebulizador. Las seis mujeres hacen lo mismo, y también cada una de las personas que llenan el anfiteatro. Por sobre el silbido generalizado se empiezan a escuchar los jadeos y los chillidos de agonía. Basilio ya no habla y en menos de un minuto sus ojos, a punto de saltar de las cuencas, miran al vacío y como si hubieran penetrado un secreto o una dimensión inesperada se cargan de intención. A través de la máscara se escucha el grito ahogado:

–Oooostia puuuuta! –Y ya no dijo nada más.

Sonia apoya el dedo en el interruptor. Siente que está por apretar el gatillo de un revolver y se frena. Busca a Alicia, al colombiano, al boxeador y a la novia, a la señora que se había olvidado los remedios, a la pelirroja punk, a Aruba, a los niños, a los muchachos que habían llegado con ella, a la locutora de radio. Todos ya tienen las máscaras empañadas y se desarman sobre los escalones de piedra. No pasa mucho tiempo hasta que algunas pupilas invertidas revelan globos oculares inyectados. Sonia también quiere rendirse a esa comunión, quiere dejarse llevar como quien se sumerge en el interior de una ola y se reconoce parte del océano. Y sin embargo, el dedo se resiste. Mira la estatua de Cristo como si esperara de él una respuesta, una señal de condena o de adhesión. La luz vacilante de las piras da vida a ese cuerpo de mármol resquebrajado mientras se escucha el golpe seco de otros, de carne y hueso, que van cayendo. Algunos tardan un poco más en sucumbir y se sostienen mutuamente a medida que se les va cortando la respiración. Sonia se concentra en Cristo, buscando un signo que la obligue a aceptar ese destino pero no lo encuentra. De repente, como si le hubiera sido revelado por una epifanía, el cuerpo de Cristo se transforma en el de Zoe Zepeda. Los brazos abiertos del sufrimiento y la crucifixión se transforman en los brazos abiertos de una bailarina que agradece el aplauso y el reconocimiento. Ahí estuvo todo el tiempo. El tormento se transfigura en la gloria. Es ella, es Zoe Zepeda, que no está tirándose del balcón sino a punto de lanzarse a la fama. La única forma de pegar el salto es remontando vuelo. Sonia siente que recupera el aire; aún más, siente que el aire la está respirando a ella y en medio de esa alucinación tiene un momento de lucidez: no puede suicidarse! Cierra los ojos. Escucha los jadeos, los estertores, las convulsiones, los cuerpos que se derrumban contra otros cuerpos y ruedan por los escalones, uno atrás de otro. No se anima a abrir los ojos hasta que, a los pocos minutos, como si hubiera terminado un terremoto, vuelve el silencio. La grabación de los tambores también llegó a su fin. El único sonido que perdura es el murmullo de los nebulizadores. Sonia se levanta y se abre paso entre la gente que todavía se agita con espasmos casi imperceptibles. Algunos quedaron con los ojos abiertos y todavía mantienen la sonrisa en los labios morados. El boxeador tenía el rostro como le hubiera quedado después de una pelea; con los ojos en compota y con sangre escapándosele de las orejas. Alicia tenía la boca cubierta de espuma. Un brazo se levanta por reflejo y vuelve a caer. Los niños estaban dislocados sobre la piedra. Los vapores tóxicos que se escapaban de las máscaras desencajadas enrarecían el aire como si representaran las almas subiendo al cielo. En el centro del anfiteatro, Basilio podría confundirse con un lobo marino abandonado por la corriente. Era difícil imaginar a ese hombre, que parecía transitar por el mundo en el plano espiritual, involucrado en tareas ordinarias; y mucho más difícil verlo así, en la más prosaica de las posiciones. Sonia camina hacia él y le saca la máscara: está lívido. De una de las comisuras le baja un hilo de excremento líquido y sangre que los perros, alrededor, se pelean por olfatear. Sonia apoya la oreja contra el pecho; no escucha ningún latido, pero sí oye la regurgitación de los humores, como si tuvieran vida propia, fluyendo, buscando hacia las extremidades un rincón donde residir en paz. Sin poder volver a levantarse, Sonia observa el anfiteatro. A pesar de todo, había algo de belleza en esa escena. Cree percibir, como sobreviviendo en el aire, algunas frases que había oído salir de la boca de esos muertos: "Acá no hay Internet", "¿Sentís la energía?", "En hora buena", "Se nos caían las baterías sobre un Mandala", "La cuaresma terminó hace cinco meses", "El agua la bendice Basilio"... Una brisa cruza por el anfiteatro y no encuentra resistencia; pasa a través de esos cuerpos como si ya hubieran dejado de existir.

Sonia cierra los ojos y repite, sintiendo la vibración en todo el cuerpo:

–Chabrancán.... Chabrancán... Chabrancán...

***

En las afueras del Cairo, una subestación eléctrica sufre una descarga. Dos cuervos, parados sobre unos transformadores, se electrocutan y se prenden fuego.

Casi toda la población de Managua llegó a creer que el lugar más seguro para sobrevivir al SK38 era la laguna volcánica de Xiloá. Miles y miles de personas corren desesperadas a través de la ciudad. Miles de cuerpos aplastados bajo el barro surgen bajo los pisotones de un alud humano que avanza hacia la península de Chiltepe.

Masas incontenibles, multitudes se apretujan en las redes subterráneas. Se derraman por esas bocas creyendo que así evitarán la marea letal de la onda expansiva. Se atropellan, se destripan por el interior de las vías, buscando pasajes más profundos, aplastando partes de cuerpos que ya habían quedado destrozados entre los durmientes, bajo la multitud que corre a ciegas, convencidos de que los de adelante tienen un plan; pero los de adelante corren para no ser alcanzados por el enjambre que se precipita hacia ellos como fragmentos de una explosión humana.

Una libélula se estrella contra el parabrisas de un auto atascado en la ruta 10 de Los Ángeles. El embotellamiento se extiende desde las playas de Santa Mónica hasta las montañas de San Bernardino. El patrón de las alas recordaba las líneas de un vidrio rajado. En la cabeza indescifrable del insecto, de ojos reventados y mandíbulas desgarradas podría leerse un último gesto de desesperación, pero el limpiaparabrisas lo arrasa y solo deja untada contra el vidrio una mancha amarillenta.

Debido a un corte de luz en el barrio de Montparnasse, una mujer limpia la bañadera de su apartamento bajo la penumbra de unas pocas velas. Llena la bañadera con agua tibia y se sienta a esperar.

Pafundi y las dos enfermeras suben hasta el último piso del edificio, trepan los escalones adicionales hacia la terraza y cuando abren la puertita de metal, los golpea una mezcla de kerosenes, humaredas y gases; pero ellos salen igual, como si escaparan de una amenaza todavía más peligrosa. Las alarmas, las bocinas y los gritos llegan todavía más atormentados por la distancia y el viento. Pafundi avanza entre las líneas indecisas de alquitrán como si descifrara, con todo el cuerpo, escrituras ancestrales y se apoya por un momento contra una pared baja mirando el panorama de las calles: la gente corre en masa a través de un amontonamiento de autos en llamas, muebles, cascotes y baldosas levantadas. Corren sobre superficies de fango de las que surgen senos, rodillas, brazos, cabezas desmembradas vomitando gritos de sangre. Pafundi vuelve sobre sus pasos, camina entre antenas improvisadas, y sube por la escalerilla amurada al tanque de agua. Desde ahí se puede ver, sin obstáculos, toda la ciudad. Aparte de otros incendios dispersos, un edificio entero se está consumiendo en llamas. Pafundi recuerda la jirafa ardiendo de una pintura surrealista: la jirafa envuelta en fuego que, sin embargo, se mantiene imperturbable, como el edificio. Tiene la certidumbre de haber soñado con esas llamaradas serpenteando desde las ventanas de un rascacielos y se convence de que se trataba de un sueño profético. Le habla a las dos enfermeras pero levanta los brazos como si estuviera esperando un regalo del cielo:

194

—Que gran obra esculpiría Rodin con todos estos miembros dispersos... Hay que celebrar la ironía del desastre. En unos segundos hemos pasado de calcular la mejor ruta de escape, a rezar para no morir aplastados o al menos sobrevivir sin perder las dos piernas. Qué otra gran *puerta del infierno* esculpiría el fetichista de las amputaciones, sumergiendo sus dedos artrósicos en pedazos de barro sin cuerpo. Si no se puede saber realmente quién es, en verdad, un escultor hasta que produce su última obra, tampoco podemos saber qué es, en verdad, el arte de la escultura hasta que, de entre las ascuas de la hecatombe, surja su última figuración. ¿Será eso el Socotroco? A más de un vanguardista, de aquellos que buscan ponerle punto final a la historia, le hubiera gustado concebir una pieza que tuviera la fuerza del Socotroco: un punto y aparte cósmico, puntuación bastarda, un *Full Stop* como el de Fiona Banner, pero un bólido que no es solo minimalista. El Socotroco también es escultura estelífera, efigie rupestre, *ready-made paleolítico*, es barroco embarrado, berrueco, perla irregular, roca rococó, es performance petrificada, arte conceptual de la edad de piedra... expresionismo abstracto.... arte bruto, arte-acción en caída libre y accionismo vienés, ¡después de la caída!

Las enfermeras se agarran de la pared como si hubieran sentido un temblor y miran lascivamente a Pafundi que se desgañita, sobre el tanque de agua, entre rugidos, bocinazos y descargas eléctricas. El barbijo, colgando de una sola oreja y el delantal abierto flamean contra el viento. El guardapolvo, salpicado de manchas verdeazules, le pega chicotazos contra las piernas:

—¿Dónde está la chispa divina que le da vida al Gólem? ¿Qué busca el perverso Maharal de Praga que es también, como Rodin, devoto de los amputados? La primera marca que imprimimos en la tierra fue la de esa aleta saliendo a la orilla de un pantano y la última será un manotón desesperado. Pero toda marca tiene un verso y un anverso, un ida y una vuelta, una forma de ser leída y desleída. El griego antiguo no se recorría ni de derecha a izquierda, ni de izquierda a derecha sino como Bustrófedon, como Bustrofotón, como Bustrófate… siguiendo el recorrido con que el buey avanza por los surcos del arado. Para un lado, para abajo y para el otro; para el otro, para abajo y para un lado. Gutenberg se inspiró en las glebas de barro que levantaban los cascos de un buey, para crear los tipos móviles de su imprenta. ¿Y qué otro poema inauguraría con esas letras de estaño sino *El libro de la Sibila*?… la hechicera que profetiza, en hexámetros griegos, el Juicio Final. Siempre se vuelve al final. Para un lado y para el otro, de derecha a izquierda, de atrás para adelante, la explosión nuclear de bustrofotones, hay que volver al principio y esta vez no comenzar de nuevo… Dioses moribundos, rabinos de Praga, Hacedores devotos del Talmud, Sibilas de las grutas, fetichistas de Paris, orfebres de Mainz, ¿solo yo escucho la plegaria de los Golems? ¿Solo los Golems sueñan con regresar al barro? Hay que volver al principio y esta vez no comenzar de nuevo… hay que saber leer sus sueños de materia prima, de caldo, de melcocha original… y devolver la poesía a sus tintas aceitosas, los tipos móviles a sus vetas de estaño, devolver todo al barro y devolver el barro al agua y a sus sedimentos… ¿No escuchan, fetichistas de la amputación, la plegaria de los Golems…

La baraúnda de unos motores fallidos cruza el cielo y distrae a las enfermeras. Sobre la cabeza de Pafundi pasa un escuadrón de avionetas, todas echando humo en dirección al río.

En una casita en las afueras del distrito de Huang Dao, una niña abre una heladera. Se escapan cientos de mariposas negras.

En un manicomio de Miami, un paciente se da cuenta que se quedó solo. O lo dejaron solo a propósito o en medio del pánico se lo olvidaron. Veinte años atrás, se había escapado de Cuba. Le decían "Espiche Barreda" porque cuando lo sacaban a pasear en autobús y veía la señal de "*Speed Check by Radar*", le agarraban ataques de paranoia y empezaba a gritar: "¡¡espiche barreda!!, ¡¡espiche barreda". Solo le quedaban algunos pocos pelos que peinaba para un costado pero dejaban al descubierto grandes extensiones de cráneo por donde paseaban, con toda tranquilidad, unos piojos inmensos. Ahora corre de un pabellón para el otro, sube y baja escaleras, atraviesa galerías hasta que se queda sin aire. Ve que las puertas del hospicio habían quedado destrabadas; entreabre una, la corre, mira para fuera y se da cuenta que también en las calles todo está vacío. No se anima a salir y vuelve a cerrar, pone llave y corre hacia la enfermería. En las vitrinas todavía están los remedios y agarra varias cajas de Lorazepam. Va a la cocina, se sube a una silla y de las alacenas superiores extrae una botella de whisky que escondía una de las enfermeras. Se sirve un vaso hasta el tope, va al comedor y prende la televisión. Se sienta en el sillón que solo podía usar el jefe de enfermeros. Toma todas las pastillas que quedaban en el frasco bajándolas con largos sorbos de whisky y va cambiando de canal con el control remoto hasta que deja en las noticias del canal 65 WPXM Telefutura, en vivo desde Lisboa. Mira unos minutos el reporte desde el *Estadio do Restelo*. La corresponsal también es cubana. La había visto otras veces. Hablaba con un entusiasmo que, si no fuera porque ya estaban haciendo efecto las pastillas, sería contagioso:

—*Como se ve, la forma orientada del proyectil es estable desde el punto de vista aerodinámico de manera que penetrará directamente, sin movimiento de rotación o de saltos en la atmósfera. Y como todos los meteoritos que viajan a altas velocidades y a través de la atmósfera, el SK38 también viene desarrollando una forma distinta. Como no cuenta con un escudo que disipe el calor generado por la fricción atmosférica el eje frontal se va derritiendo. Ahí vemos el proceso de fundición del metal que resulta en una superficie lisa y sin marcas...*

El Espiche Barreda cada vez hace menos esfuerzo para tratar de entender lo que escucha hasta que finalmente queda entumecido, con una sonrisa desdibujada en la cara. El brazo cae sobre el control remoto y los doscientos canales comienzan a sucederse a ritmo de parpadeo. La pantalla no se detiene en ningún canal más que una milésima de segundo. Pasan los rostros y las imágenes:

la cabeza de una modelo fumando, una víbora sale de un huevo, una cocinera revuelve una olla, una iguana saca la lengua, Homero Simpson, un culo que se contonea, Tito Puente, Isaac Newton, Pele dando un reportaje en blanco y negro, estática, un chino que se tira gasolina y se prende fuego, una mujer da las noticias, un pelado toca una gaita, Paul Celan recitando un poema, Nikki Lauda sacándose el casco, el Dalai Lama besa el suelo en un aeropuerto, un grupo de monjes rezando, Pamela Anderson aplastando los labios contra la pantalla, un tigre abriendo las fauces, Felipe Gonzales, Mr. Magoo, Verónica Castro gritando en árabe, un caballo corriendo, Jorge Porcel en primer plano, Peter O'Toole mirando al vacío, Dumbo, Casius Clay, Richard Clayderman, Berlusconi, estática, Madam Curie, Sid Vicious, David Duchovny, Houdini abajo del agua, un luchador de Sumo, una abuela siria amenazando al cielo con los dedos, Chaplin, La Cicciolina lamiendo la verga de un caballo, la cabeza de un conejo saliendo de la boca de un mago, estática, Tina Turner anciana y pelada, Muammar Gaddafi, un soldado yugoslavo, dos hienas en plena copulación, Charlie Parker tocando la trompeta, Shimon Peres, la imagen de Mao en la plaza de Tienanmén, Enrique Iglesias, estática, estática, estática, y los mismos canales vuelven una y otra vez con algunas imágenes cambiadas, con otros rostros, otras personas pero siempre creando la misma impresión de una sola cabeza que se metamorfosea, como si las ondas televisivas hubieran decidido revelar y solo a los ojos de un muerto, la creación de un nuevo ser nacido de la tierra.

Una masa incalculable de soldados chinos, con sus cascos, rifles y uniformes de camuflaje de invierno, corren hacia los picos nevados de la montaña del Dragón de Jade.

En la esquina de Randolph y Washington Street, en el centro de Chicago, dos cables de alta tensión se sueltan de las crucetas de un poste y en el chicotazo enganchan las hélices de un helicóptero. El aparato choca contra el edificio del centro cívico y las hélices se separan del eje, salen volando y seccionan una escultura masiva de Pablo Picasso. La obra, sin título, que nunca se supo si representaba un pájaro, un insecto, un perro afgano, un cerdo hormiguero o Lydia Corbett, su última musa, se desmorona sobre si misma bajo escombros y metales retorcidos. Por primera vez, es la realidad y no la obra de Picasso la que parece haber sufrido un dislocamiento cubista.

Una dominatriz austríaca insulta por megáfono al hombre sobre el que esta parada: *"Schleichenden Wurm!"... "Schleichenden Wurm!"*. Sus gritos retumban contra las paredes. Apoya el taco-aguja sobre el pecho peludo, cubierto por cadenas de oro.

El pintor A.J. Sprawling, había alcanzado fama internacional gracias a sus telas desproporcionadas con paisajes agobiantes; pero por una evolución natural de su obra, se había aburrido del éxito, del mundo en general y hasta de la pintura misma y se había instalado en Tánger donde, por más de treinta años, llevó una vida solitaria, desconectado de todo. Ahora, los mercados, los cafés, las residencias, las plazas, las calles quedaron vacíos. Sin contar a los paralíticos o a los comatosos abandonados en los hospitales, a los desheredados de la tierra que se confundían con la basura en las calles, y a los animales que corrían aturdidos entre explosiones de gas y estallidos de torres eléctricas, toda la población de Tánger había emigrado. Los que pudieron, se escaparon hacia Nueva Zelandia y la mayoría hacia el sur de los Atlas. Pero A. J. Sprawling había desoído las advertencias. Vivía en una casita blanca en el barrio de Ain El Hyani que miraba hacia las aguas del estrecho de Gibraltar. Sin los gritos y sin las conversaciones del mercado, sin los vecinos, sin los bocinazos o la música que antes palpitaba en las calles, la ciudad parecía haber hecho realidad su visión casi profética de un mundo desolado. Con las canas despeinadas y vistiendo una *jellaba* blanca, Sprawling se sentó en su sillón en el balcón, se sirvió una taza de té con hojas de menta, apretó el hachís en la cazoleta del narguile, bajó la púa del tocadiscos y se dispuso a escuchar la danza macabra de Saint-Saëns. Si había calculado bien, el impacto del SK38 coincidiría con las dos últimas notas.

Un grito aislado, como si a una voz le hubieran arrancado el cuerpo.

En un bar en las afueras de Mumbai, un borracho se derrumba sobre la mesa y, sin querer, deja caer tres monedas. Caen de tal manera que quedan girando en el piso como esferas, produciendo un rumor metálico que se relaja a medida que van perdiendo velocidad. Dos de ellas se detienen juntas, una sobre otra; la tercera sigue girando unos segundos más, comienza a oscilar, vacila y golpea de un lado y del otro hasta que finalmente se detiene. Respetando el contorno de la moneda, como un resuello, se levanta un pequeño anillo de polvo.

***

El cronómetro en el *Jumbotron* se aproxima, impávido, a cero. Retumba el eco de la voz que lee los segundos de la cuenta regresiva. Lee en inglés, con una exaltación casi deportiva:

–Ten, nine, eight, seven, six, five… four… three… two… one!!!

Cuando dice *zero*, el silencio cae sobre Lisboa como una larga puñalada. Ni el viento se mueve. Todos los teleobjetivos quedaron apuntando hacia la atmósfera, como pajaritos en un nido, esperando poder vislumbrar el Socotroco. Los periodistas también miran paralizados hacia un punto posible en el cielo. Pasa un minuto… minuto y medio… dos… El silencio ensordecedor se intensifica. El corresponsal del canal 12 SBT de Brasil, con cazadora, parado en la tribuna del estadio se acerca a la cámara y susurra:

–Peço às pessoas que ser paciente. Segondo os expertos, pode haver um atraso no impacto de ate cuatro minutos...

En ese momento, desde las costas del Atlántico hasta el Medio Oriente se divisa, a cientos de kilómetros de distancia, la bola encendida del SK38: vuela hacia la tierra sumergido en erupciones que lanzan inmensos fragmentos incandescentes. Tito Puente, Isaac Newton, Pele en blanco y negro, estática, un chino envuelto en llamas, una mujer da las noticias, Paul Celan recita un poema, Nikki Lauda se saca el casco, el Dalai Lama saluda a un primer ministro, un grupo de monjes reza, Pamela Anderson lame la pantalla, un tigre abre las fauces, Felipe Gonzales. Todavía no llegó a cruzar las capas de la atmósfera y los objetos más pequeños; ollas, lapiceras, libros, zapatos comienzan a vibrar como atraídos por su fuerza de gravedad. Todo el aire vibra en una anticipación de desastre en cierne, de sombra, de rumor que crece como un murmullo planetario. Verónica Castro grita en árabe. Cuando el SK38 cruza la atmósfera, y pasa de velocidad cósmica a caída libre, rompe la barrera del sonido y la onda expansiva impacta en un anillo a 3.000 kilómetros a la redonda en el océano Atlántico, los desiertos del norte de África, y a través de Sarajevo, Hungría, Eslovaquia, Polonia y Noruega. Los pájaros se pulverizan en pleno vuelo. Un caballo corre, Jorge Porcel dice *when you smile I feel like a baby*, Peter O'Toole mira al vacío, estática, un busto de Cleopatra, Casius Clay, Yolanda Soares, Bugs Bunny, Berlusconi, estática, Madam Curie, Sid Vicious, Houdini abajo del agua, un actor se quita el maquillaje de Don Quijote, Lady Gaga, una abuela siria se cubre la cara con las manos, Chaplin, La Cicciolina guiña un ojo y saca la lengua, estática, estática, Tina Turner hace una reverencia, Muammar Gaddafi, un soldado yugoslavo, dos hienas en plena copulación, Charlie Parker ríe a carcajadas, Shimon Peres, estática, un enfermero empuja a un anciano en una silla de ruedas, Enrique Iglesias, Anderson Cooper lucha contra las ráfagas de un huracán, estática, estática, estática. La onda expansiva impacta, barre las señales y en una secuencia concéntrica, los televisores, las computadoras, los teléfonos, muestran una imagen lluviosa, de un rojo encendido... estática... que con una fuerza invisible pero incontenible, se lo va tragando todo. Las luces se apagan. Todo se paraliza en un suspenso ensordecedor. En el aire se desarman los aviones. Las turbinas se desploman como reptiles de acero en los océanos, en las ciudades, en el medio de la nada.

Una abuela siria se cubre la cara con las manos.

Las miles de cámaras que pueblan el *Estadio do Restelo* también se apagan. Una segunda pulsación sorda golpea la tierra y hace explotar al mismo tiempo lentes, pantallas y ventanas. Los fragmentos de vidrios quedan flotando en el aire hasta que una tercera pulsación, una avalancha de aire más intenso que la fusión nuclear, los devuelve a la tierra y fulmina a los periodistas.

Charlie Parker ríe a carcajadas.

El Dalai Lama besa el suelo.

Una serpiente asoma la cabeza.

Estallan los tímpanos y las dentaduras de los periodistas. Un relámpago violáceo ilumina sus muecas de inexpresable admiración y a medida que se van desintegrando, como soplos de ceniza, alcanzan a reconocer el infierno que se les viene encima.

Chabrancán.... Chabrancán... Chabrancán

El Socotroco choca contra la tierra y quiebra la corteza terrestre en un destello que enceguece hasta sus propios reflejos. Y desde la base de la corteza, desde más de veinticinco kilómetros de profundidad, se alza y colapsa en pocos minutos una cordillera de granito derretido más alta que la del Himalaya. Un gran arco de la península ibérica se derrite junto con las otras veinte mil toneladas de meteorito que lanzan fragmentos ardientes hacia el continente americano, el norte de África y el Medio Oriente. La fuerza del impacto hace crecer un movimiento de mareas incontenibles en el océano Atlántico, en el Mediterráneo y los desiertos del Sahara. Las ondas de choque sacuden el planeta causando terremotos que superan todas las escalas, activan erupciones volcánicas que lanzan columnas de humo y lava y desnivelan los platos tectónicos produciendo un desplazamiento angular de 3 grados en el eje de la tierra. Las explosiones en cadena de millones de autos, centrales eléctricas y atómicas, redes de gas y combustibles pasan desapercibidas bajo la inmensidad de esa fuerza incandescente que se propaga haciendo hervir los océanos y licuando los desiertos y las estepas. Los fragmentos lanzados a la atmósfera vuelven a la tierra incendiando bosques, selvas y ciudades enteras, haciendo estallar las reservas de petróleo crudo bajo el delta nigeriano, la cuenca del golfo de México y las arenas bituminosas de Athabasca. Los depósitos de petróleo despiden llamas descomunales a pesar de las inundaciones, y lanzan monstruosos nubarrones de hollín que bloquean la luz del sol produciendo un largo invierno glacial. Pulverizaciones de ácido sulfúrico se inyectan en la estratósfera provocando tormentas ácidas con relámpagos radioactivos que encienden el interior de las nubes y truenos devastadores que transforman vastas regiones tropicales y boscosas en extensos desiertos lunares. La vegetación va muriendo de a poco y se van extinguiendo especies marítimas y terrestres, incluyendo a las cucarachas que ocultan sus huevos de a millones en las porosidades de las piedras como si llevaran almacenada en la memoria atávica de sus genes la experiencia de otros desastres planetarios.

Desde la serenidad del espacio, los ecos de explosiones, derrumbes, estampidas y terremotos suenan como un solo murmullo enronquecido. Y a medida que pasan las horas, los días, los meses, los años... se desvanece ese rumor y se transforma en un lejano chisporroteo, en un bostezo, en una tranquilidad veteada por fibras de agotamiento y después... en silencio.

CAPÍTULO
11

EL MAR

Sonia escucha la ola que rompe y el murmullo poroso de la espuma. Por un momento el silencio es absoluto y al rato vuelve a ocurrir: el choque de una ola y la espuma efervescente. Sonia tiene un brazo tan dormido que en un principio cree que está muerto; ni siquiera siente un hormigueo. No siente nada, no puede levantarlo y el miedo de haberlo perdido la termina por despertar. Abre los ojos y se ve hundida en la arena. Hace varios intentos hasta que solo un giro de hombros le permite extraer el brazo. Descubre cientos de puntos grabados en la piel. De tan delicada, la piel deja ver la sangre verdeazul corriendo morosamente por las venas. Se incorpora y se toca la cara, se mira el torso, recorre las caderas. Se da cuenta que las piernas también habían quedado sumergidas en la arena. Los puntos en el brazo la convencen de que no está soñando; hay un cuerpo que resiste a la materia. Cada tanto, las olas, calientes y espesas, la cachetean. Está a la orilla del mar pero no se escucha ni el aletear de una gaviota, ni la brisa, ni el murmullo de la vida que pulula en la profundidad de las aguas… Si acaso estaba frente a un río, el cauce debía ser inmenso porque no alcanzaba a ver la otra orilla. Sonia busca la línea de un horizonte, pero la neblina espesa, de vetas rojas y amarillas, solo deja pasar una luz fosilizada. Todo forma parte de una misma penumbra líquida. Con dificultad, Sonia rescata las piernas de la arena húmeda y se pone de pie. Trata de mirar a la distancia pero solo adivina los reflejos del agua. A unos treinta metros entrevé la punta de un tirante emergiendo de la superficie y asume que es el madero donde estaba crucificada la estatua de Cristo. No hay rastros del anfiteatro. A pesar de todo, se siente mejor a la orilla del mar que frente a un valle. El mar permite imaginar lo que queda oculto bajo el agua... Sonia camina bordeando la orilla. Como sostiene con una mano el brazo que sigue dormido, parece que llevara un racimo de flores. Avanza con dificultad, como si sus huesos hubieran perdido consistencia, como si hubieran adquirido una flacidez cartilaginosa; a la distancia podría haber dado la impresión de ser un molusco con las branquias afuera, avanzando entre sus últimos estertores...

Lejos, donde no alcanza la vista, siguiendo el recorrido de la orilla, Sonia cree sospechar un movimiento. Permanece quieta como para no perturbar la neblina, entrecierra los ojos y vislumbra una pequeña mancha que parece temblar entre los reflejos... No solo reconoce un movimiento; después de unos minutos también se da cuenta que ese punto se está acercando. Con precaución, ella también va dando unos pasos. En un principio cree que puede ser una carreta o un caballo, pero a medida que los espejismos de los vapores van disminuyendo, el cuerpo se va definiendo: caminaba inclinado hacia adelante, con los brazos largos oscilando como péndulos; le costaba despegar los pies de la arena mojada. A pesar de la altura casi aberrante era, sin duda, un cuerpo humano. Lleva algo en una de las manos pero Sonia no puede distinguir si se trata de una valija o el estuche de un instrumento musical. Sonia camina, espera, entrecierra los ojos hasta que, finalmente, sin caber en los límites de su propio asombro, se da cuenta por qué esa andadura se le hacía familiar. Aunque abatido y con las ropas desgarradas, lo reconoce: era Otis. Cuando está a unos doscientos metros, Sonia apura el paso.

Los dos corren hasta que quedan a un paso uno del otro, cara a cara. Permanecen callados. Solo se miran. Otis llevaba en la mano la heladerita con la biopsia. La levanta un poco y se la muestra a Sonia; como si lo justificara. Pero Sonia no le presta atención. Lo mira callada, paseando por sus rasgos como si hiciera un vuelo de reconocimiento. Él la mira esperando ver alguna intención, buscando volver a descubrir un vestigio de aquella sonrisa de *prima ballerina* que lo había dejado indefenso desde el día que la conoció. Esa sonrisa plena, que en las comisuras terminaba con un imperceptible vuelco de vulnerabilidad. En la sencillez, en la franqueza de esa sonrisa radicaba su poder encantatorio; por eso era un gesto que Otis no podía reclamar. Debía hacerse el desentendido, esperar pacientemente a que ocurriera de forma espontánea.

Una pequeña brisa que llegaba del sur acarició la cabellera de Sonia y como si el movimiento los hubiera persuadido a caminar, continuaron por la orilla en la dirección opuesta a la que soplaba el viento. Otis siente que no es el momento para tomarla de la mano; pero asume que tampoco puede quedarse callado, que debe decir algo:

–Siempre es mejor caminar en contra del viento…

–¿Sí? –Sonia inclina la cabeza para que los pelos no le tapen la cara– ¿Por?

–Para que el enemigo no anticipe nuestros movimientos.

–¿Vos tenés enemigos?

–No, me lo dijo un soldado. Para sorprender al enemigo hay que acercarse con el viento en contra. El viento a favor te delata… Los perros empiezan a ladrar…

–¿Vos sabías que el "viento sur" en realidad sopla hacia el norte?

–¿Es raro, no?

–Todo al revés. Lo hacen para confundir a la gente.

Otis y Sonia se detienen como para acentuar con sus cuerpos inmóviles ese momento de vacilación. Otis mira hacia el suelo. Algo le llama la atención:

–Mire, Sonia! Una Catarina!

–¿Una qué?

–Una catarina…

Sonia se pone de rodillas, se acerca al bicho y le extiende un dedo para que se suba:

—¡Un bichito de la buena suerte! —Sonia aprovecha que ya está de rodillas y se sienta en la arena.

Otis acomoda la heladerita y se sienta junto a ella. Los dos estudian al bicho. Parecía más gordo que de costumbre. Los colores también eran diferentes; más que rojo y negro era rosa con lunares verdes. Avanza con dificultad por entre los dedos de Sonia. Ahora que lo veían con detenimiento, descubren que de uno de los ojos le surge un crecimiento tumoroso. Otis presiente que esa imagen podría inspirarle un *Haiku*, pero posterga esa posibilidad para concentrarse en Sonia:

—¿Bichito de la buena suerte?... ¡Pida un deseo, Sonia!

—Un bichito de la buena suerte con un tumor en el ojo. ¿Te parece buena señal?

—Una catarina siempre es buena señal... Hay que dejar que suba por el dedo índice y cuando alce vuelo pedir un deseo.

—Si fuera tan simple, Mongo.

—¿Qué?

—La suerte... no es lo mío.

—¿Por qué dice eso Sonia?

—Te voy a contar algo que no se lo conté nunca a nadie. Una vez, de chica, cuando estaba en el colegio, entre unas amigas, decidimos que cada una elegiría una palabra mágica... esa palabra iba a ser nuestra cábala... nos iba a traer suerte, sería nuestro amuleto... Una había elegido "Abracadabra", otra eligió "Abretesésamo" y yo elegí "Abrancancha"... pero otra de las chicas que era medio hijadeputa, que ni la nombro porque en realidad era bien hijadeputa, me dijo que no, que no podía, que ella lo había elegido antes y que me tenía que buscar otra. ¿Sabés qué? Elegí otra: pero elegí la misma palabra al vesre... "Chabrancán"... ¿Te das cuenta? Porque las palabras tienen poder... pase lo que pase tienen poder... pueden hacer llover, pueden armar una revolución, terminar una guerra, hacer resucitar a alguien o despacharlo para siempre... de hecho, había un lama en el Tíbet que conjuró a una persona de la nada solo pronunciando una palabra…

—¿Qué palabra?

—No sé… es magia tántrica! Por eso los ingleses perdieron la guerra… Ves, estaríamos mejor con los ingleses, pero con los ingleses que conquistaron el Tíbet, no los zoquetes que mandaron para acá. La que te jedi se quedó con "Abrancancha"… Abrancancha y la concha de tu hermana…

La luz enrarecida del otoño nuclear los envuelve. Un rosa tan intenso que adquiría tonalidades escarlatas, sobre todo por los reflejos del mar. El bichito de la buena suerte fue recorriendo todos los dedos de Sonia. Tenía más de insecto que de bichito. Cuando llegó a la punta del índice, se agazapó, amagó varias veces, desplegó las alas, titubeó y salió volando, aunque parecía cansado.

—Pida un deseo!

Sonia siguió al bichito con la vista hasta que ya no lo vio más; pero se quedó con el dedo en alto, apuntando hacia el cielo.

Como si no quisiera distraerla, Otis le habla en voz baja:

—¿Siempre antes de hacer el amor, usted se fija para dónde corre el viento?

Sonia lo mira y le sonríe. Ahí estaba! La sonrisa. Ese labio con el repulgue de vulnerabilidad. La sonrisa con la que Otis se iba a dormir y se despertaba todos los días desde el día que la conoció. Sonia se chupa el dedo, lo vuelve a levantar en el aire y cierra un ojo como si calculara la dirección del viento. Otis se acomoda más cerca de ella y sus cuerpos quedan pegados. No puede dejar de mirarla. La cabellera le ondea como una bandera victoriosa. Otis comienza a cantar la canción que había escuchado cuando la vio por primera vez, bailando en el WAIKIKI:

Oooooh… my diva

Oh my…
Mighty diva divine
You grow fast on me
Steadfast, like a jungle vine
Oh my…

Pero no se acuerda toda la letra y continúa silbando la melodía. Le agarra la mano y entrecruza sus dedos con los de ella. Sonia, sin dejar de mirar hacia el mar, aprieta sus dedos contra los de Otis. Otis deja de silbar y lo único que se escucha son las olas que rompen contra la orilla. La brisa había dispersado gran parte de la neblina y el aire limpio fue revelando la extensión que prometía el mar… Así se quedaron, tomados de la mano, mirando hacia la línea levemente borrosa del horizonte. Sonia sintió que no le faltaba nada, que había llegado, que estaba en el lugar exacto. Respiró hondo y el aire marítimo le infló los pulmones con una esperanza inagotable. Había imaginado muchos futuros, pero nunca esta fuerza desconocida, nunca esta forma exuberante de comenzar a vivir…

Pablo Baler (Buenos Aires, 1967) es escritor de ficción y teórico, autor de la novela *Circa* (1999) y del volumen de relatos *La burocracia mandarina* (2013). Es también autor del ensayo *Los sentidos de la distorsión: fantasías epistemológicas del neobarroco latinoamericano* (2008), y editor de la antología internacional *The Next Thing: Art in the Twenty-First Century* (2013), once ensayos sobre la sensibilidad estética que va a definir el siglo XXI. Baler es profesor de literatura latinoamericana en la Universidad Estatal de California en Los Ángeles, e *International Research Fellow* del *Centro de Investigación sobre el Arte* de la Universidad de la Ciudad de Birmingham en el Reino Unido. Parte de su obra ha sido traducida al portugués, al inglés y al rumano. *Chabrancán* es su última novela.